Andrea Gerecke

UNHEIMLICH WEIHNACHTLICH!

Böse Geschichten aus Westfalen

W0041323

Wartberg Verlag

Porträtfoto Umschlagrückseite: Katrin Jakob

1. Auflage 2020
Alle Rechte vorbehalten, auch die des auszugsweisen Nachdrucks
und der fotomechanischen Wiedergabe.
Satz und Layout: Christiane Zay, Potsdam
Druck: Druckerei Zimmermann Druck + Verlag GmbH, Balve
Buchbinderische Verarbeitung: Buchbinderei S. R. Büge, Celle
© Wartberg-Verlag GmbH
34281 Gudensberg-Gleichen, Im Wiesental 1
Telefon: 0 56 03 - 9 30 50
www.wartberg-verlag.de
ISBN 978-3-8313-3010-2

INHALT

VORWORT

Eigentlich sollte es in diesen Wochen vor dem Jahreswechsel besinnlich und friedfertig zugehen. Wenn, ja, wenn das Böse nicht wäre, das den Menschen auch innewohnt. Manch einer lässt es im Verborgenen, andere wieder leben es aus. Dabei müsste man sich nur an die zehn Gebote halten und Missgunst, üble Nachrede, Betrug, Mord und Totschlag hätten keine Chance. Oder man müsste den sieben Todsünden aus dem Wege gehen, die mit miesen Charaktereigenschaften gekoppelt sind: Hochmut, Geiz, Wollust, Zorn, Völlerei, Neid und Faulheit.

Während Sie sich aber jetzt einen Tee aufgebrüht und die selbst gebackenen Plätzchen bereitgestellt haben, können Sie sich ganz entspannt der vorliegenden Lektüre widmen. Denn natürlich geschehen auf den folgenden Seiten zugespitzte Einzelfälle, einer Schriftstellerfeder entsprungen und demzufolge der Fantasie geschuldet. Da wird gegen Gebote verstoßen und lasterhaft gesündigt, was das Zeug hält. Spannende Unterhaltung und auch ein paar Gruselschauer sind garantiert!

Ein frohes und gesundes Fest wünscht Ihnen von Herzen

Andrea Gerecke

DIE WICHTELGABE

Erst suchte Franka nach einer Ausrede, um beim vorweihnachtlichen Wichteln in der Firma nicht dabei sein zu müssen. Jeder, aber auch jeder Kollege hatte ihr das Jahr über Böses getan, die Chefs inklusive. Manchmal nur ein kleines Sticheln, ein nachlässig fallen gelassenes Wort oder aber auch ein offener, frontaler Angriff. Und selbst beim Betriebsrat brauchte sie nicht vorstellig zu werden, denn auch dort gab es Gerede über sie. Sie wurde nach allen Regeln der Kunst gemobbt, hatte Magen- und Kopfschmerzen, konnte schlecht schlafen und war inzwischen bei einem Psychotherapeuten in Behandlung. Der hörte sich die Geschichte von ihrem Leid geduldig an und gab allerlei Tipps, schrieb sie zwischendurch krank.

Wenn sie aber bei dieser Feier nicht erschien, dann würden sich die anderen in ihrer Abwesenheit das Maul über sie zerreißen. Also doch besser hingehen und den Abend irgendwie überstehen! Ein originelles Wichtelgeschenk musste her, in Pack- oder Zeitungspapier eingewickelt und anonym ausgetauscht. Franka grübelte. Sie liebte den Begriff mit dem Wichtel, der sich auf eine nordische Sagengestalt berief, die heimlich Gutes tat.

Eine gewisse Zeit vor dem angesagten Treffen kam das Vorbereitungsteam zusammen, und sogar Franka hatte ein paar Ideen: „Lasst uns doch Mottowichteln machen, dann legen wir einen ungefähren Wert und natürlich die generelle Geschenkart fest." Einigen gefiel das. Dann schlug sie noch

Grünwichteln vor, eine Variante ihrer ersten Idee. Dabei waren Kakteen oder Topfpflanzen angesagt. Hier stimmte niemand zu. Und da keiner wirklich einen Vorschlag von Franka aufgreifen wollte, einigte man sich aufs Schrottwichteln. Ungeliebtes, Geschmackloses, Nutzloses durfte es sein, alt und kurios, aber kein Abfall und in durchaus gebrauchsfähigem Zustand. Franka zuckte nur mit den Schultern, gab ihr Ja und machte sich wieder an ihre Arbeit. Dann eben Schrott.

Zu Hause suchte sie lange auf dem Dachboden in ihren Kisten und Kartons. Irgendwo musste doch dieser alte, wiederverwendungsfähige Adventskalender stecken. Man konnte dort für jeden Tag ein paar Zeilen festhalten, Persönliches, Sprüche. „Das geht alles in Erfüllung", war von ihrer üppigen Urgroßmutter überliefert, die aus Siegen stammte und stets stolz darauf war, dass der berühmte Barockmaler Peter Paul Rubens ebenfalls dort geboren war. „Ich und Rubens", sollte sie manchmal geseufzt und stets bedauert haben, dass sie aufgrund ihrer familiären Verpflichtungen mit zehn Kindern ihrer geliebten Malerei nicht intensiver hatte nachgehen können.

Beim Suchen in den Pappkartons entdeckte Franka eine „Siegener Zeitung" vom Dezember 1926. Sie setzte sich auf einen alten Schaukelstuhl und las sich fest. Großformatig hatte das Warenhaus Plaut & Daniel für „Weihnachtshandarbeiten" inseriert. Dabei wurden Vorlagen für Kreuzsticharbeiten, Buntstickereien, Kelimarbeiten und Weißstickereien in Richelieu und Lochzeichnung empfohlen, dazu große Mode und Wollarbeiten nach Münchener Modellen. Franka musste kichern. Dann blieb ihr das Lachen im Halse stecken. „Wäre ich bloß in einer anderen Zeit geboren, dann wäre mir so ein Mobbing vielleicht erspart geblieben", dachte sie. Endlich hatte sie den alten, noch recht gut erhaltenen Adventskalender gefunden. Sie zog ihn behutsam hervor, legte ihn beiseite, packte alles andere zusammen und stieg mit ihrem Fund die Klappleiter wieder hinunter.

In den nächsten Tagen machte sie sich an die Arbeit und suchte Sprüche heraus. Ein paar Klassiker waren dabei und auch einige Volksweisheiten. Während sie diese in sorgfältiger Handschrift notierte, murmelte sie stets etwas vor sich hin. Für den ersten Dezembertag notierte sie: „Dem bösen Geist gehört die Erde, nicht dem guten", aus Wallenstein von Schiller. Dann folgte ein Satz aus den Fragmenten von Euripides: „Nichts ist schrecklich, was notwendig ist." Aristoteles kam zu Wort mit: „Die Natur macht nichts vergeblich." Und bei Romain Rolland hatte sie aus „Meister Breugnon" ausgewählt: „Wenn der Mensch in Massen auftritt, gibt Gott klein bei." Einer ihrer Favoriten war aber von Schopenhauer: „Die Gemeinheit ist ein Leim, der die Menschen zusammenkleistert. Wem es daran gebricht, der fällt ab." Und schließlich ein echter Luther: „Nichts wird langsamer vergessen als eine Beleidigung und nichts eher als eine Wohltat."

Fein mischte sie Weisheiten darunter, die man ihr auch in Kindertagen vorgehalten hatte: „Wer anderen eine Grube gräbt, fällt selbst hinein." Und besonders einprägend: „Wer einmal lügt, dem glaubt man nicht, und wenn er dreist die Wahrheit spricht." Da hatte sie als Fünfjährige in ihrer Not gelogen und war lange davon überzeugt, dass sie niemand mehr in ihrem Leben für voll nehmen würde … Für den Heiligen Abend hatte Franka ein Extra ausgesucht, in der Hoffnung, auch das möge sich irgendwie erfüllen: „Hochmut kommt vor dem Fall."

Die Weihnachtsfeier in der Firma an einem der letzten Novembertage verlief kurzweilig. Alle erheiterte das Schrottwichteln, das sich ziemlich lange hinzog. Jeder würfelte reihum und nahm sich ein Paket, dann wurde ausgepackt und unter großer Heiterkeit vorgeführt. Aber längst waren die Präsente noch nicht beim künftigen Besitzer angekommen. Das Würfeln ging weiter, und es wurde getauscht. Franka konnte die gesamte Zeit über ihren Blick nicht von ihrer Überraschung lösen. Wer würde die wohl bekommen? Im Grunde war es egal, jeder hatte diesen Kalender verdient. Schließlich hielt sie eine Kristallschale für Pralinen in der Hand. Gar nicht verkehrt, dachte sie. Detlef, ihr unmittelbarer Vorgesetzter, hatte den Kalender vor sich liegen und ihn kaum angeschaut. Jetzt prostete er seinem Nachbarn zu. Eine gute Entscheidung, beschloss Franka und war gespannt, wie die Dinge sich wohl entwickeln würden.

Es erheiterte sie, als Detlef in der Teamsitzung vom Chef bloßgestellt wurde. Eine Lüge hing im Raum. Detlef hatte versucht, sich herauszureden, sich aber immer mehr in seinen eigenen Fäden verstrickt. An einem weiteren Tag wollte er ihr eins auswischen, aber der Schuss ging nach hinten los. „Das kannst du jetzt aber nicht Franka anhängen. Die hat ordentlich gearbeitet. Trag die Verantwortung dem Kunden gegenüber mal selbst", hatte der Chef entschieden. Es war ein Wunder.

Detlef hatte daheim den Adventskalender vom Schrottwichteln Tag um Tag geöffnet und fand die Sprüche auch recht interessant. Euripides, der große griechische Dramatiker, war klasse und sein Landsmann, der Philosoph Aristoteles, einfach hervorragend. Anderes hielt er für zu banal. Heiligabend öffnete er das 24. Fenster. „Hochmut kommt vor dem Fall", las er halblaut vor und setzte brummend hinterher: „Schwachsinn." Ein paar Stunden später stürzte er beim Champagnerholen die steile Kellertreppe hinunter und brach sich an deren Ende das Genick.

HUNDEELEND

Der Duft von Glühwein, Frittiertem und allerlei Backwaren hing in der Luft. Babette kristallisierte für sich als äußerst angenehm Zimt, Ingwer und Anis heraus. Gerald verzog nur die Nase, mit Widerwillen im Gesicht. Ihm wurde immer übel bei solchen Geruchsattacken. Das Paar hatte kurz zuvor im Reisebüro in der Paderborner Fußgängerzone die Tour auf die Malediven gebucht. „Eine geniale Entscheidung", hatte die Mitarbeiterin sie gelobt und Dezember bis April als beste Reisezeit empfohlen: „Genau dann zeigt sich das Wetter am stabilsten. Sie können baden, tauchen, schnorcheln und natürlich in der Sonne liegen. Ganz wie Sie wollen." Der Urlaub war gebongt. „Ihren kleinen Liebling wollen Sie ja sicher nicht mitnehmen?", hatte eine eher rhetorische Frage noch gelautet, mit Fingerzeig auf Wolfi, den Drahthaar-Foxterrier in schönem Weiß-Braun. „Natürlich nicht!", hatte Babette vehement verneint. „Da finden wir eine Lösung." Pension oder besser noch Tierheim, fuhr es ihr durch den Kopf. Sie drückte ihren großen Einkaufsbeutel an sich, darin ein Traum von einer Designer-Tasche. Ideal für die bevor stehende Gabenzeit und selbst ausgesucht, besser ging's ja gar nicht. Sie hatte Gerald schon mit Tränen der Dankbarkeit umhalst und ihm versprochen, sofort zu vergessen, was der Nikolaus nun bringen würde. Für Weihnachten musste schon mehr her und ihr Mann sich etwas einfallen lassen. Da ließ sie sich nicht mit einer einzigen Damenhandtasche abspeisen. Zumal ihr der Hund in seinen jugendlichen Anfängen einige Exemplare zerlegt hatte …

Als Gerald für sich und seine Frau an einem der Weihnachtsmarktstände auf dem Rathausplatz Sekt bestellte, verzog der Verkäufer nur ein winziges bisschen die Augenbrauen. Das Paar war definitiv keine Punschkundschaft. Er stellte die gefüllten Gläser bereit und nahm das Geld entgegen. „Stimmt so", sagte Gerald, der damit um zehn Cent aufgerundet hatte. Dann wählten die beiden einen Stehtisch, während der Mann die kurz gehaltene Leine des kleinen Hundes straff neben sich herzog. Wolfi quiekte zwischendurch auf, weil ihm jemand auf die Pfoten trat.

„An was für eine Lösung dachtest du denn?", erkundigte sich Gerald und prostete seiner Frau zu. „An eine endgültige", entfuhr es Babette. Ihr Mann zuckte zusammen. „Das verstehe ich jetzt aber nicht. Du hattest dir doch einen kleinen Freund und treuen Gefährten gewünscht, der charmant und witzig ist und dir die Zeit vertreibt, wenn ich in der Firma bin." – „Schon", kam es mürrisch von Babette. Gerald konterte mit einem fragenden Blick. „Konnte ja niemand ahnen, dass dieser britische Rassehund so viel Bewegung und immer eine Aufgabe braucht. Außerdem ist Wolfi äußerst lebhaft. Immer muss ich mit ihm raus, bei Wind und Wetter, und die fachmännische Fellpflege organisiere ich. Alles bleibt an mir hängen." – „Also eine Schlaftablette wolltest du ja auch nicht. Und die konntest du bei einem ehemaligen Fuchsjäger mit entsprechendem Jagdtrieb schließlich nicht erwarten. Hast ihn dir doch mit ausgesucht! Es ist aber wirklich schwer, dir etwas recht zu machen." Gerald wirkte eingeschnappt, ließ seinen Blick in Richtung Boden schwenken und entdeckte, dass Wolfi offensichtlich ein Bedürfnis hatte. „Lass uns mal ein paar Meter gehen", schlug Gerald vor und wies auf den Hund. „Ein Glück, dass unsere Einkaufsmeile so liegt, dass man sich nur mit wenigen Schritten direkt im Grünen befindet." Er dachte an das Paderquellgebiet im Herzen der Großstadt, das sie sowieso gern für Spaziergänge nutzten. „Wenn du meinst." – „Nicht ich, unser Hund meint."

Ein Stück liefen die drei schweigend nebeneinander her. Dann griff Gerald den Gesprächsfaden wieder auf, allerdings mit einem neutralen Thema. „Was hältst du denn davon, wenn wir uns diesmal zum gemeinsamen Weihnachtssingen unter dem Dom einfinden? Müsste eigentlich zeitlich mit unserer Reise noch hinkommen. Du hast doch so eine schöne Stimme, und außerdem kann jeder mitmachen, der Lust dazu hat, mit vereinten Kräften adventliche Gesänge anzustimmen." – „Mal schauen", entgegnete Babette. Das Lob ihrer Stimme war angekommen. „Tragen wir einfach dazu bei, dass es dann den größten Paderborner Chor zur Weihnachtszeit gibt."

Die Tage eilten dahin. Von Hundepension wurde gar nicht mehr geredet. Das Wort Tierheim baute sich immer bedrohlicher auf. Wolfi bekam schon gelegentliche Zitteranfälle, bei denen er seine Hinterpfoten kaum ruhig halten konnte. „Siehst du, nun haben wir auch noch einen Epileptiker am Hals. Der Hund muss weg", stellte Babette sachlich fest.

Zu einem letzten gemeinsamen Ausflug machten sich die drei an einem wolkenreichen Dezembertag auf den Weg in Richtung Teutoburger Wald. Geralds Urlaub begann, und tags darauf wollten sie zum Tierheim. Es sah nach weiterem Schnee aus, aber der Radiowetterbericht hatte Sonnenabschnitte vorausgesagt und im Nachgang noch von einem Temperatursturz berichtet, was keiner der beiden vernommen hatte. Babette hatte auf ihrem Alfa Romeo Giulia bestanden, obwohl Gerald ihn lieber in der Garage hätte stehen lassen wollen. Aber das ließ Babette nicht zu. Sie fuhr und basta.

Auf einem etwas einsam gelegenen Parkplatz stoppten sie das Fahrzeug, setzten sich ihre dicken Mützen auf und zogen die felligen Handschuhe an. Babette hängte sich ihre Gucci-Tasche über den rechten Arm. ‚Willst du die nicht lieber im Auto lassen?‘, lag es Gerald auf der Zunge, aber er ließ seine Bemerkung sein. Ratschläge nahm Babette ohnehin nicht an. Also griff er sich lieber Wolfi, der artig auf der mit einem Schonbezug versehenen Rückbank gelegen hatte. „Komm. Wir gehen Gassi." Mit einem Sprung hechtete der Terrier zwischen seinen Händen hindurch aus dem Auto heraus und beobachtete seine Menschen. Gerald hielt die Leine noch in der Linken.

Babette verstaute den Autoschlüssel im Seitenfach ihrer Tasche, die ihr dabei auf den Boden rutschte. In dem Moment schnappte Wolfi nach dem Griff und sauste in den Wald. Das Paar wechselte nur ganz kurz Blicke und eilte in großem Tempo hinter dem Tier her. Die Rufe ließen den Namen des Hundes erklingen und den Begriff „Leckerli". Vor allem auf Letzteres hörte er normalerweise sehr gut.

Stunden später liefen Babette und Gerald immer noch durch den Wald. Ganz offensichtlich hatten sie sich verirrt und schon mehrere Ehrenrunden gedreht, was der Mann an markanten Zeichen bemerkte, aber für sich behielt. Sein Handy lag im Auto und ihres befand sich in der Tasche, mit der sich Wolfi aus dem Staub gemacht hatte. Erst als sich die Wolkendecke lockerte und ein paar Sterne am Himmel funkelten, konnte Gerald sich etwas orientieren. Aber die Kräfte waren ihnen schon ausgegangen und die Temperatur auf unter minus 20 Grad Celsius gesunken.

Wolfi war indes schnurstracks durch ein Stück Wald gelaufen und schließlich in Altenbeken gelandet, wo er an einer Straßenecke, an der ein paar Altkleidercontainer standen, die

Tasche endlich losließ. Sie war ihm zu schwer geworden. Ein Obdachloser auf der Suche nach Verwertbarem entdeckte wenig später das Designerstück. Er fand es äußerst hässlich, untersuchte nur den Inhalt. Ein paar nützliche Geldscheine waren darin, mit einem Autoschlüssel und dem Smartphone konnte er nichts anfangen, wenngleich der Akku bis zum letzten Strich geladen war. Mit wem hätte er auch telefonieren sollen. Und seine letzten Fahrerfahrungen lagen viele Jahre zurück, außerdem sah er weit und breit keinen Alfa Romeo. Also verschloss er die Tasche wieder sorgsam und warf sie in den Container. Nur das Portemonnaie hatte er zuvor an sich genommen und steckte es in den nächsten Briefkasten, damit die Papiere schneller an die Besitzerin gelangten.

An einer Straße, die den alten Viadukt der Eisenbahn unterquerte, schlug Wolfi intuitiv den Weg nach Bad Driburg ein. Er lief und lief, bis er schließlich im Kurpark landete, wo er sich einen besonders schönen Baum aussuchte und endlich sein Bein hob.

„Na, du bist mir ja einer", sagte Silke, die sich für einen Moment auf einer Parkbank ausgeruht hatte, unter sich ein Stück Isoliermatte. Sie war nach ihrem chirurgischen Eingriff zu Gast in einer der Kurkliniken. Wolfi schaute ihr aufmerksam in die Augen, musterte die Frau und legte seinen Kopf etwas schräg. „Komm mal zu mir", fuhr Silke fort und Wolfi gehorchte. Die Hände der Frau fuhren streichelnd über den kleinen Hundekörper. „Ich habe ja nicht mal ein Leckerli für dich. Oder?" Sie suchte in ihren Jackentaschen und entdeckte in einer Tüte ein paar Brotstückchen, die sie vom Frühstückstisch für die Vögel mitgenommen hatte. „Magst du das?", sie hielt ihm auf der flachen Hand ein Teilchen hin. Wolfi griff es sich mit größter Vorsicht und hatte es im selben Augenblick verschlungen. Dann folgte der Rest des Tüteninhalts.

Silke zauderte. Bestimmt gehörte der Kleine irgendjemandem, der ihn schon sehnlichst vermisste. An seinem Halsband mit funkelnden Steinen entdeckte sie weder Hundemarke noch sonst eine Information. Dann fiel ihr Paul von der Rezeption ein, der gelegentlich seinen Airedale Terrier mitbrachte, aber nur in der Nachtschicht, wenn es nicht so auffiel. Denn eigentlich war das nicht gestattet. Paul würde bestimmt Rat wissen, wenn ihr dieser allerliebste Kleine überhaupt folgen würde.

Silke erhob sich und machte die ersten Schritte. Wolfi wich ihr nicht von der Seite. Paul war glücklicherweise schon im Dienst, wusste Rat, verfügte über richtiges Futter und sogar eine Ersatzhundeleine. Sein Airdale und Wolfi beschnupperten sich ausgiebig, wedelten mit den Schwänzen, wollten eigentlich durchs Haus toben, ließen sich aber dazu überreden, doch nebeneinander auf der dicken Hundedecke artig Platz zu nehmen. Silke machte sich am nächsten Tag auf den Heimweg, mit Wolfi, den sie auf den Namen Fridolin getauft hatte.

Ihre angstvollen Nachforschungen daheim in Minden ergaben nur, dass niemand diesen kleinen Foxterrier vermisste. Der Tierarzt hatte auch recherchiert, nachdem er den Chip ausgelesen hatte, und bekam heraus, dass die früheren Besitzer kürzlich verstorben waren. Sie waren in einem Waldstück bei Paderborn erfroren aufgefunden worden.

„Sie können Ihren Fridolin behalten", informierte der Tierarzt Silke am Telefon. „Na, wenn das kein tolles Weihnachtsgeschenk ist!"

HOME, SMART HOME

Alles war vernetzt in diesem Haus, und Bert war stolz auf sich und sein Smart Home. Die Eltern hatten diese Entwicklung zwar ziemlich kritisch gesehen und mehr auf Handarbeit geschworen, aber seit sie nicht mehr waren, konnte ihm keiner dazwischenreden. Die Landwirtschaft ließ er direkt mit ihrem Tode enden. Sie war nur aufwendig, er musste dazu regelmäßig in den Stall und sich dabei auch noch schmutzig machen. Er organisierte eine letzte Fuhre für die Schweine zum Schlachthof und verkaufte etliche Äcker. Seinen Lebensunterhalt konnte er locker mit seiner Computertätigkeit erwerben. Dazu war es nicht einmal nötig, das Haus zu verlassen.

Durchs Wohnzimmer lief der emsige Staubsauger, der vorausschauende Kühlschrank bestellte eigenhändig, sobald etwas zur Neige ging – geliefert wurde mit autonom fahrenden Wagen, die alles auf den großen Hof transportierten und dort unter dem Scheunendach abstellten. Das hatten sogar noch Vater und Mutter erlebt.

In einem Anflug von Nostalgie hatte Bert sich heute auf dem Heimweg von einem Termin beim Zahnarzt, der sich noch nicht per Videokonferenz erledigen ließ, in der Stammgärtnerei seiner Eltern einen Türkranz zugelegt. Dort war alles so prächtig dekoriert und hatte so einladend ausgesehen. Glitzernd, funkelnd und in schönen, kräftigen Rot- und Grüntönen. Er konnte sich bei dem reichhaltigen Angebot kaum entscheiden, bis sein Blick magisch angezogen wurde von diesem besonderen Türkranz. In der Mitte blinkte ein Stein, der wie ein Rubin anmutete. Er wies wortkarg mit dem rechten Zeigefinger auf die schöne Arbeit und zückte seine Kreditkarte. Das erste Fest ohne die Eltern sollte doch in Erinnerung an sie begangen werden.

In der Haustür war ein stabiler Haken angebracht, an dem die Mutter – je nach Saison – immer einen dekorativen Kranz platziert hatte. „Das bringt Glück", waren ihre Worte dabei gewesen. „Und außerdem sieht es schön aus."

Bert hängte die Neuerwerbung auf und schloss die Haustür wieder hinter sich. In dieses Geräusch hinein gab der Rubin ein Klicken von sich, so als ob er einrastete, um irgendeine Funktion freizugeben. Der Mann vernahm das nicht. Sein Gehör hatte im Laufe der Jahre etwas gelitten. All seine Technik verursachte Töne unterschiedlichster Art, die er nur noch unterbewusst wahrnahm.

Beim Weg in sein Büro stolperte Bert über den schwarzgrauen Sauger, der seine Arbeit verrichtete. „Mist", fluchte er vor sich hin, während er sich gerade noch am großen Kleiderschrank festhalten konnte. Plötzlich stand sein Hausroboter vor ihm – wunschgemäß dem einstigen Model Claudia Schiffer nachempfunden und ebenso getauft. Claudia forderte stumm seine Garderobe ein, um alles in die Waschmaschine zu stopfen, und hielt ihm dafür seinen Hausanzug hin. Gemächlich schlenderte er zu seinem Schreibtisch, um einen seiner Jobs zu erledigen. Doch irgendwie wollte ihm heute nichts so recht von der Hand gehen. Also ließ er sich von Claudia eine Fertigpizza bringen und lümmelte sich aufs Sofa im Wohnzimmer. Auf dem überdimensionalen Fernseher, der eine gesamte Wand einnahm, liefen zeitgleich in kleineren Fenstern sechs verschiedene Lieblingsserien des

Mannes. Dennoch zappte er weiter, weil das nicht seine einzigen Favoriten waren. Bert zog die Füße hoch, als der Staubsauger schon wieder angesaust kam, obwohl nicht ein Krümel auf dem Boden gelandet war.

Später nickte der Mann auf dem Sofa ein. Die Rollläden gingen sanft in die Höhe, blieben ein kurzes Weilchen oben, um sich wieder abzusenken, die Heizung sorgte für enorme Temperaturen. Im Schlaf wälzte sich Bert hin und her und wischte sich den Schweiß von der Stirn. Der Kühlschrank befand sich plötzlich im Dauerbestellmodus, in kurzen Abständen folgten die Lieferungen. Am Computerarbeitsplatz machte sich eine künstliche Intelligenz breit, beantwortete die Mailings von Auftraggebern und erledigte die entsprechenden Wünsche. Besser und vor allem schneller noch als Bert. Claudia hatte nur kurz vorbeigeschaut und geprüft, ob alles ordnungsgemäß lief, so, wie der Rubin nach seinem Einrosten alle Aktionen in Bewegung gesetzt hatte. Die letzte Phase war das Absaugen des Sauerstoffs im gesamten Haus. Dann begab sie sich wieder in ihre Ladestation.

Auf der Ablage im Flur befand sich ein nun nicht mehr benötigtes Ticket für „Engel reloaded" in der ehemaligen Zeche Radbod. Bert hatte sich schon auf diese X-Mas-Party im Stadtbezirk Hamm-Bockum-Hövel mit Travestie-Künstlern und Songs aus den 80er- und 90er-Jahre gefreut …

NIKOLAUSTAG

Es hatte sich so ergeben. Tanja gebar die Kinder in dieser Ehe, und Robert blieb nach der Ankunft des dritten Jungen daheim. Auch weil sich sein Einkommen deutlich von dem seiner Frau unterschied. Sie arbeitete im Management eines größeren Geldinstituts, er war Gärtnermeister und in einem Pflanzencenter angestellt, wo er sich um anspruchsvolle Kundenaufträge kümmerte. Sein Chef ließ ihn nur schweren Herzens gehen und beteuerte, dass er jederzeit auch eher wieder einsteigen könne. Das Anwesen der Familie in Unna belief sich auf gute dreitausend Quadratmeter Fläche, sodass der Familienvater genügend Freiraum hatte, um sein Können auszuleben.

Robert nahm die Elternzeit in Anspruch und wollte sich planmäßig bis zur Vollendung des dritten Lebensjahres um den Nachwuchs kümmern. Er liebte die Kleinen und störte sich nicht an der Hausarbeit. Im Gegenteil: Er erledigte sie gern. Am liebsten wäre ihm eine kleine Fußballmannschaft gewesen, doch dazu gab sich Tanja nicht her. „Bist du irre?!", hatte sie ihn angefahren, als das Gespräch einmal darauf kam. „Wir werden schon mit drei Kindern gelegentlich komisch angeschaut, das ist kurz vor asozial. Mehr ist auf jeden Fall nicht drin. Dafür sorge ich." Wenig später ließ sie sich sterilisieren. Nicht dass Robert noch auf dumme Gedanken kam, ihr vielleicht die falschen Pillen unterschob, ein Placebo.

Tanjas Bank befand sich im Zentrum von Dortmund. Schon die Autofahrt dorthin genoss sie. Endlich weg von den kreischenden Bälgern. Leonhard, Marvin und Kay waren die klassischen Papakinder. Schlug sich einer von ihnen ein Knie auf, lief er sofort hilfesuchend zu Robert. Ging es um die Entscheidung fürs Essen, musste der Vater sie treffen. Raufen und spielen? Nur mit ihrem Erzeuger. Insofern kam Homeoffice für Tanja überhaupt nicht infrage. Was sollte sie dort den ganzen Tag? Sich etwa anschauen, wie ihr Mann von den Jungs bevorzugt und mit Liebesbeweisen überhäuft wurde? Sich vielleicht noch vorwerfen lassen, dass sie nach Tabak stank, wie der Älteste ihr dieser Tage an den Kopf geknallt hatte? Dann suchte sie sich lieber ihre Bestätigung bei der Arbeit, was ihr bestens gelang. Sie war dort für den internationalen Geld- und Kreditverkehr zuständig.

Guido gehörte dem Vorstand an, und Tanjas Bereich war ihm direkt unterstellt. In den Anfängen ihrer Bekanntschaft gab es häufig Streit, weil beide unterschiedliche Auffassungen zur Optimierung der Geschäfte hatten. „Wenn die Hormone mit Ihnen durchgehen, meine Liebe, dann haben Sie an diesem Platz in unserem Geldinstitut nichts verloren. Bleiben Sie daheim bei Ihrer Familie und kümmern Sie sich um Ihre Kinder", warf er ihr einmal vor, als sie mit dem Jüngsten schwanger war. Das ließ sie nicht auf sich sitzen. Sie spielte sogar mit dem Gedanken, ihn beim Betriebsrat anzuschwärzen. Aber was hätte das gebracht? So verlegte sie sich lieber auf den Erfolg ihrer Tätigkeit. Und das gelang. Anerkennendes Kopfnicken, mal ein Lächeln, sogar ein Schulterklopfen in aller Öffentlichkeit von Dr. Guido Grannemann. Dann lud er sie eines Tages zum Essen ein.

Guido hatte im Palmgarden Fine Dining reserviert. Dort saß er auch gern, wenn die Bank besondere Gäste beziehungsweise Kunden hatte. Er liebte den wunderschönen Ausblick hoch über dem Ruhrtal und natürlich die edle Küche des Hauses. Wenn es zeitlich passte, dann besuchte er mit seinen Gästen im Anschluss noch gemeinsam die Spielbank Hohensyburg. Beim Dinieren kamen Tanja und Guido sich näher, entdeckten unendlich viele Gemeinsamkeiten, lachten und entrüsteten sich über dieselben Dinge. Und sie gingen nach dem Dessert ins Freie, um eine zu rauchen. Irgendwann legte Guido seine Hand auf die von Tanja, und sie zog sie nicht zurück. Sie wusste schließlich, worauf sie sich mit dieser Verabredung eingelassen hatte.

Wochen und Monate zogen dahin. Schon wieder stand eine Weihnachtszeit vor der Tür.

„Hast du denn völlig vergessen, dass morgen Nikolaus ist?", erstaunte sich Robert, als er neben Tanja stand, die im Schlafzimmer ihre kleine Reisetasche packte. „Tatsächlich? Muss mir weggerutscht sein. Tut mir leid. Ich habe aber auch ganz andere, wichtige Dinge im Kopf", entgegnete Tanja unkonzentriert. „Wenn du erst morgen früh fährst, dann kannst du noch erleben, wie die Jungs sich über ihre gefüllten Schuhe freuen", schlug Robert vor. Tanja schüttelte den Kopf: „Das geht gar nicht. Ich muss mich jetzt auf den Weg machen. Dann kann ich noch ein paar Stunden schlafen und morgen ausgeruht zu dem Termin erscheinen. Es geht um einen ganz, ganz großen Deal. Und wenn das alles klappt, dann haben auch wir finanziell etwas davon."

„In welchem Hotel kommst du denn in München unter?", wollte Robert noch wissen. „Ach, das weiß ich gar nicht so genau. Wir treffen uns in einer Bar in der City, um letzte Abstimmungen zu treffen. Ich glaube, das Hotel liegt direkt daneben. Habe ich alles in meinem Laptop", sagte Tanja, griff sich das Teil, schob es in die Tasche und zog den Reißverschluss zu. „Ich melde mich."

Robert lag eine Frage auf den Lippen, aber Tanja hatte definitiv zu resolut geklungen. Er drückte ihr einen Kuss auf die Wange. „Gute Reise, mein Liebes. Pass auf dich auf. Und dann bis morgen Abend. Ich kann die Jungs ja aufnehmen, wenn sie die Leckereien und die anderen Überraschungen in ihren Stiefeln entdecken. Dann schicke ich dir das Filmchen."

„Super Idee, Schatz." Und schon war Tanja aus dem Haus gerauscht. Robert blieb nachdenklich zurück. Hoffentlich fuhr sie vorsichtig. Man wusste nie, was einem auf den Straßen passieren konnte. Aber genau deshalb hatte sie ja zu einer umfangreicheren Lebensversicherung gedrängt, damit jeder von ihnen beiden im Falle eines Falles abgefedert war. Eigentlich wollte er das gar nicht, er sah nur die Kosten beim Abschluss und die laufenden Ausgaben.

Als Tanja im Zentrum von Dortmund ihren Wagen vor dem Hotel parkte, schlenderten allerlei Menschen an ihrem Fahrzeug vorbei. Die mussten offensichtlich von der „Dortmunder Weihnachtsstadt" kommen, die weite Teile der City in die Veranstaltung einbezog. Einige Passanten hatten noch Zuckerwatte und kandierte Äpfel in den Händen. Nein, dachte Tanja, lieber direkt in die Tiefgarage, um eventuelle Begegnungen zu vermeiden. Auf jeden Fall würde sie in den nächsten Tagen, wenn sie im Dienst war, einen Glühweinbecher für Robert besorgen. Jedes Jahr hatten sie auf dem Markt ein neues Motiv im Angebot, das die Sammler voller Spannung erwarteten. Ihr Mann gehörte dazu, seit sie diese Sitte eingeführt hatte. Eine ganze Reihe stand in der Küche, hoch oben auf den Schränken.

Als sie ihr Auto verschloss, fiel ihr ein, Guido doch vorzuschlagen, einmal gemeinsam durch die Weihnachtsstadt zu gehen. Mitten im Trubel rund um Reinoldi-Kirche und an den 300 Ständen würden sie nicht sonderlich auffallen, vor allem nicht tagsüber, während einer dienstlichen Pause. 45 Meter hoch war allein der dortige Weihnachtsbaum mit seinen 48 000 Lichtern. Und jetzt gab es den Dortmunder Weihnachtsmarkt schon seit über 120 Jahren. Eine großartige Tradition. Das hatte sie in der Tageszeitung gelesen. Sicher auch eine Idee für die gesamte Familie, aber danach stand ihr nicht der Sinn.

Tanja riss sich aus ihren Gedanken und fuhr jetzt im Fahrstuhl nach oben. Die Etage mit der Zimmernummer hatte ihr Guido per SMS durchgegeben. Etwas verklausuliert, damit ein Uneingeweihter die Zusammenhänge nicht verstand. Augenblicke später lagen sich die beiden in den Armen, bedeckten sich mit Küssen und zogen sich Stück um Stück aus. Guido hatte vom Zimmerkellner ein paar Kleinigkeiten als Imbiss bringen lassen und zwei Flaschen Champagner. Zunächst aber stießen sie mit Minifläschchen aus dem kleinen Kühlschrank der Suite an: er mit einem Wodka, sie mit einem Likör.

In den frühen Morgenstunden hatten sie auch das letzte Glas Champagner geleert. Tanja war schon in den Armen von Guido eingenickt, während er sich eine letzte Zigarette ansteckte und darüber ebenfalls einschlief. Das Signal des Handys, das ihr den Eingang einer Videonachricht ihres Mannes ankündigte, hörte sie nicht mehr. Und auch der vom Rauchmelder ausgelöste Alarm konnte sie nicht mehr wecken.

STUTENKERL AM BANDE

Julianes Mutter hatte für diesen Dezembersonntag einen
Abstecher ins Historische Museum von Bielefeld eingeplant.
Obwohl das Mädchen eigentlich nicht wollte, sondern lie-
ber daheim geblieben wäre, bei all seinen Leckereien, die
die Adventszeit bescherte. „Keine Widerrede, etwas frische
Luft und Bewegung tut uns allen gut", entschied die Mutter mit besorgtem Blick auf ihre Tochter, deren Strickpull-
over wie bei einer Presswurst saß. „Wir fahren jetzt zum
Ravensberger Park. Das ist was für die gesamte Familie.
Ich möchte wetten, auch du, mein lieber Sigmar, hast keine
wirkliche Ahnung, wie Weihnachten weltweit gefeiert wird.
Nämlich sehr unterschiedlich. Das ist echt spannend, wie
ich gehört habe, und die Kinder können bei der Gelegenheit
noch einen Weihnachtsanhänger aus fair gehandelten Ma-
terialien basteln."

Vater und Tochter, beide ziemlich übergewichtig, machten
ein ähnlich griesgrämiges Gesicht. Sie hätten lieber vor dem
Fernseher abgehangen. „Und du meinst, das passt auch vom
Alter her für unsere Juliane?", wollte Sigmar wissen. „Klar
doch. Ist für Kinder von fünf bis acht Jahren gedacht."

„Aber ich werde doch bald neun", warf Juliane störrisch ein,
verschränkte ihre Arme vor der Brust und senkte das Kinn.
Um ihren Hals hing ein kleiner Stutenkerl, den die Mutter
ihr am Martinstag geschenkt und in den sie viel Zeit inves-
tiert hatte. Er baumelte an einer schön gearbeiteten Kette,
geknüpft im Stile von Makramee. Der Vater bezeichnete ihn

zwar als Kiepenkerl, aber wegen dieser Kleinigkeit wollte sie nicht streiten, kommentierte nicht einmal einen seiner Rätsel-Witze, den er zu dieser Zeit ständig strapazierte: „Was ist ein Keks unterm Baum? Ein schattiges Plätzchen …"

Komisch, dachte die Mutter, sonst stopfte dieses Kind alles in sich hinein, was es zu fassen bekam, nur bei diesem Hefegebäck mit der stilisierten Pfeife aus Gips war nichts passiert. Nicht einmal die Rosinen im Gesicht und an der Knopfleiste fehlten. Das Teil musste doch schon knochenhart sein.

Als Juliane Wochen zuvor erfolgreich vom Martinssingen mit den Kindern der Nachbarschaft nach Hause zurückgekehrt war, hatte die Mutter sie mit der kleinen Männerfigur überrascht. Sie könne Wünsche erfüllen, hatte sie gemeint, damit ihr Geschenk mit den unendlich vielen Süßigkeiten im Rucksack der Kleinen mithalten konnte. Die Bemerkung war zwar nur am Rande gefallen, hatte sich aber zutiefst in der Seele des Mädchens eingegraben. Es hegte fortan die kleine Gabe und ließ sie nicht aus den Augen. Wenn Juliane zur Schule ging, versteckte sie den Stutenkerl hinter ihren Spielekartons. Zu riskant erschien es ihr, das wertvolle Teil mitzunehmen. Außerdem klappte es mit dem Start des 1. Dezembers auch ohne direkte Anwesenheit. Juliane musste lediglich mit dem Zeigefinger an der kleinen Pfeife reiben, dabei die Augen geschlossen halten und ganz fest an ihren Wunsch denken. Es funktionierte mit einem Lob im Deutschunterricht, beim Sport in der Halle rannte sie plötzlich allen anderen davon und ging als Erste durchs Ziel. Für das Krippenspiel der Gemeinde bekam sie die Hauptrolle der Maria. Daheim durfte sie abends länger aufbleiben und sich noch einen ihrer Lieblingsfilme anschauen. Bei den Aufgaben, die ihr die Mutter sonst zu Hause übertrug, war der Vater schneller im Erledigen.

Der kleine Stutenkerl verzweifelte schon. Diesem moppeligen Kind gingen einfach die Wünsche nicht aus, im Gegenteil, sie wurden immer unverschämter. Aber er, er konnte nichts dagegen tun. Es war seine Aufgabe, der er unerbittlich nachkommen musste. Wieso hatte ihn das Schicksal auch ausgerechnet in diese Familie verschlagen! Am Heiligen Abend wünschte sich Juliane eine ganze Latte von Geschenken unter dem Weihnachtsbaum, bis hin zu einem neuen Spielcomputer und einem Pferd. Sie rieb und rieb an der Pfeife, immer energischer, während ein Präsent nach dem anderen in ihrer Fantasie Gestalt annahm. Und dann … zerbrach die Gebäckfigur. Es schien, als hätte sie dabei einen allerletzten Stoßseufzer getan. Wütend warf Juliane die Einzelteile in ihren Papierkorb.

Als die Familie nach dem Kirchgang, bei dem Juliane ihre Rolle als Maria im Krippenspiel etwas verpatzt hatte, sich in der Stube einfand, wo der hübsch behangene Weihnachtsbaum glänzte, erlosch Julianes Strahlen endgültig. Unter dem Baum befanden sich, recht übersichtlich, mehr oder weniger praktische Präsente, die ihr die Tränen in die Augen trieben.

DAS VERPATZTE GEDICHT

Carlos hatte an alle Weihnachtsadressen geschrieben und seinen langen Wunschzettel versendet. Zunächst einmal an die vom Christkind in Engelskirchen im Bergischen Land. Sicherheitshalber hatte der Junge aber seinen Wunschzettel auch nach Himmelpforten und Himmelstadt geschickt, dann an den Nikolaus nach Nikolausdorf und St. Nikolaus sowie direkt an den Weihnachtsmann nach Himmelpfort und Himmelsthür. Das musste doch klappen. Doppelt hält besser, sagte die Oma immer, aber so oft, das musste ja mindestens dreihundertfünfzigprozentig funktionieren. Vielleicht gab es also mehrfache Lieferungen. Das wäre prächtig, dachte Carlos verträumt, als er sich wieder mal vor dem Schaufenster vom Spielzeug-Paradies in der Bochumer Innenstadt die Nase platt drückte.

Seine Großmutter war es auch, die ihn auf den Weihnachtsmarkt in Bochum einlud. „Komm, Junge, machen wir uns einen schönen Tag. Ich hoffe, du hast ein Gedicht gelernt?" Das mit dem schönen Tag war sofort bei ihm auf Begeisterung gestoßen, den Teil mit dem Gedicht hatte er verdrängt, schließlich wurde er bald acht und war viel zu groß für solche Albernheiten. Er konnte sich noch gut an das Jahr zuvor erinnern, als der Weihnachtsmann hoch durch die Lüfte gezogen war. Phänomenal. Und so sah er jenem Termin voller Erwartung entgegen. Zweimal pro Tag schwebte auf einem 125 Meter langen Seil und über eine 33 Meter hohe Strecke die Kutsche mit den vier malerischen Rentieren durch den Himmel. Allen voran

Rudi mit seiner dicken roten Nase. Dazu erzählte der Mann im roten Mantel eine Weihnachtsgeschichte.

Pünktlich waren die beiden auf dem Dr.-Ruer-Platz eingetroffen. Die Großmutter hatte gleich an der Bühne eine Teilnahmekarte fürs Gedichtvortragen oder Liedsingen besorgt, denn nur eine begrenzte Anzahl von Kindern konnte dabei sein und später eine schöne Überraschung erhalten. Ein Weilchen Zeit blieb noch, und sie hielten sich so lange an einem Zuckerwarenstand auf, jeder mit einer Leckerei in der Hand. „Das ist schon grandios mit diesem fliegenden Weihnachtsmann", sagte ein älterer Herr, der neben ihnen stand, andächtig. „Genau", erwiderte sein Nachbar, „da haben wir hier in Bochum eine echte Sensation mit Falko Traber, dem Junior inzwischen. So eine berühmte Artistenfamilie aber auch! Und dann noch die Showeinlage an den Wochenenden, wenn er über das geneigte Seil vom Dach des Sparkassengebäudes hinuntergleitet …" – „… über 84 Meter Luftlinie Hochseilshow. Na ja, mein Ding wäre das nicht. Hut ab!" – „Seit 2009 ist das nun schon eine Attraktion auf unserem Bochumer Weihnachtsmarkt!"

Die Oma hatte ihre Tüte mit gebrannten Mandeln leer geg/essen, und auch Carlos leckte sich gerade die letzten Spuren seiner Zuckerwatte von den Lippen: „Hast du das gehört, Junge?" Carlos nickte. „So, dann sind wir jetzt aber gleich dran. Ich bin sehr gespannt auf dein Gedicht." Carlos rutschte das Herz in die Hose. Welches Gedicht? In der Schule mussten sie doch immer irgendetwas auswendig lernen. Wo waren die Reime denn alle abgeblieben? „Ganz ruhig, Carlos, keine Bange, du schaffst das", beruhigte ihn die Großmutter.

Als Carlos vor dem Weihnachtsmann auf der Bühne stand und das Mikrofon vor seiner Nase hatte, war jedes Gedicht wie weggeblasen. Bis auf eines vom Opa. Und das drängte sich immer wieder vor. Er dachte gar nicht weiter darüber nach, ob es passen könnte, sondern legte los: „Ich sitz auf dem Toilettenrand und rauch die Peter Stuyvesant, und das, was hinten runterfällt, das ist der Duft der großen, weiten Welt."

Für einen kurzen Moment herrschte absolute Stille auf dem Markt, dann brachen alle in schallendes Gelächter aus, während Carlos knallrot anlief. „So, so, das also war dein Weihnachtsgedicht", sagte der Weihnachtsmann. „Das hat mich jetzt aber nicht begeistert. Warte mal …" Er suchte lange in seinem Geschenksack und wühlte etwas hervor. „Ein Trostpreis für dich, weil du immerhin mutig warst." Dann überreichte er Carlos eine kleine, offensichtlich nicht mehr ganz neue Tüte mit Süßigkeiten.

Als der Junge von der Bühne stieg, griff die Oma nach seiner Hand und riss ihn fort von diesem Ort der Schande. Am liebsten wäre sie im Boden versunken. Fast rannte sie. Nicht schlecht, dachte Carlos. So ein Tempo konnte die Oma also vorlegen. Von wegen Gicht und Rheuma … Alles übertrieben. Und dann fielen ihm wieder seine Wunschzettel ein, die er reichlich verschickt hatte. Die würden ja hoffentlich mehr einbringen als sein heutiger Auftritt.

DER WEIHNACHTSSTERN UND SEINE FREUNDE

Erst wimmerte er leise, dann schluchzte er lautstark, sodass er das Ticken der Wanduhr deutlich übertönte. „Es ist nicht zum Aushalten", klang sein kaum vernehmbares Stimmchen. „Erst züchtet man mich zu solcher Pracht heran, dann pfercht man mich in total überhitzte Räume, stellt mich in die knallige Wintersonne ans Fenster und ersäuft mich mit Gießwasser, und wenn ich mal das eine oder andere Blatt verliere, lande ich in der Biotonne. Was ist das für ein Scheißleben?"

Der kleine Weihnachtsstern zitterte und sein Stämmchen bebte, sodass der dekorative Übertopf mit dem Goldrand wackelte. Die beiden zeitweiligen Partner standen in einem großen Haus, das sich nur einige Steinwürfe entfernt von der Werre befand, die hier bei Bad Oeynhausen am Großen Weserbogen in die Weser mündete. Die Pflanze war nicht allein mit ihrem Zetern. Ein paar Alpenveilchen zierten eine Fensterbank, eine Amaryllis hatte sich bereits zu voller Blütenpracht entwickelt und drei Azaleen gehörten zu ihrer unmittelbaren Nachbarschaft.

„Genau meine Meinung", warf eines der Alpenveilchen ein, offensichtlich der Wortführer der kleinen Runde, denn die anderen äußerten sich nur mit einem Nicken ihrer zartvioletten Blüten. „Uns wird es schon bald an den Kragen gehen", erklärte eine der rosafarbenen Azaleen, deren Blätter

bereits einen trockenen Eindruck machten. „Und ich erst!",
entrüstete sich die Amaryllis. „Früher hat man mich gehegt
und gepflegt, war ich abgeblüht, durfte ich mich ausruhen
und entspannen, um dann viele Monate später erneut in bester Optik zu erstrahlen. Jetzt aber entwickle ich kaum noch
Blätter, sondern nur eine überdimensionale Blüte, die sogar
gestützt werden muss, damit ich nicht umkippe. Und wenn
ich verblüht bin, dann entsorgt man mich gnadenlos im Abfall. Eine grässliche Wegwerfmentalität der herzlosen Zwei-
beiner."

Nun schluchzten und heulten alle im Verein. Dann tausch-
ten sie sich über ihre eigentlichen Leben aus. Der redselige
Weihnachtsstern schwärmte von seiner mittelamerikani-
schen Heimat, wo man ihn auch „flor de pascua" nannte,
was eigentlich Osterblume bedeutete. Als Kurztagspflanze
setzte seinesgleichen nur dann Blüten an, wenn nicht mehr
als zwölf Stunden Lichteinfall gegeben waren. Das machten
sich Gärtner auch in Mitteleuropa zunutze und verlängerten
die Dunkelphase mit entsprechenden Folien ab Oktober, sodass pünktlich zum Advent farbige Brakteen, die leuchtend
roten Hochblätter, erschienen. Nicht zu verwechseln mit
den eigentlichen Blüten, grün-gelblich und ziemlich klein, ja
richtig unscheinbar inmitten der Hochblätter, die durchaus
in unterschiedlichen Farben prangten. Im Übrigen gehörte
er zur Familie der Wolfsmilchgewächse und verfügte über
giftigen Milchsaft.

Letzteres betonte der Weihnachtsstern, wobei sogar ein ge-
wisser Stolz in seiner Stimme mitschwang. „Ach was", wink-
te der Wortführer der Alpenveilchen ab, „wenn ein Mensch
davon etwas zu sich nimmt, bringt es ihn nicht gleich um. Du
reizt doch damit höchstens die Haut, führst zu Übelkeit, Erbrechen und Durchfall." – „Na, immerhin", empörte sich der

Weihnachtsstern. „Wir aber", fuhr das Alpenveilchen, auch Cyclamen genannt, ungerührt fort, „wir besitzen bei unserer Wildform in der Wurzelknolle unser namensgebendes Cyclamin. Und das ist ein äußerst giftiges Saponin, ein wunderbarer pflanzlicher Wirkstoff! Durchfall, Erbrechen haben wir auch zu bieten, dazu Krämpfe, heftige Kreislaufstörungen und bei Bedarf eine tödliche Atemlähmung."

„Worauf wollt ihr eigentlich hinaus?", erkundigte sich eine der Azaleen. Sie wusste, dass sie mit ihrer Giftigkeit nicht sonderlich punkten konnte. Aber Blätter und Blüten hatten es durchaus in sich. Es kam beim Verzehr nur auf die Menge an. Übelkeit und Magen-Darm-Beschwerden konnten folgen, außerdem Empfindungsstörungen in den Gliedmaßen.

„Ich glaube, ich kann es mir denken", meinte die Amaryllis, auch Ritterstern betitelt. Die anderen schauten zu ihm auf. Einer musste jetzt die Initiative ergreifen. „Wir müssen etwas unternehmen und dürfen uns nicht länger malträtieren lassen", sagte die Amaryllis energisch und klang wie ein Sprecher auf einer Streikversammlung. „Verbünden wir uns gegen die Menschen!" – „Aha", kam nur aus dem Weihnachtsstern heraus. Noch hatte er nicht wirklich begriffen. „Bei der Familie dieses Hauses steht heute ein westfälischer Zwiebelkuchen auf dem Essensplan und dazu ein großer Salat", sagte die Amaryllis trocken. „Ja, und?", wollte nun eine Azalee wissen. „Mann, seid ihr schwer von Begriff", seufzte die Amaryllis. „Wir tragen zum bösen Gelingen dieses Festmahls bei. Einer allein von uns dürfte vielleicht nicht ausreichen. Wir müssen uns zusammentun. Und ich, ich opfere mich. Mein Ende ist ja sowieso nah."

Alle bestaunten die Großzügigkeit der Amaryllis und plapperten durcheinander. Jeder konnte etwas Spezielles beifügen. Milchsaft für den Schmand, Blätter in die Kräutermischung und vor allem die große Zwiebel der Amaryllis in die Masse der Standardkollegen, den Gemüsezwiebelen. Immerhin hieß es vom Ritterstern, dass sein Verzehr zu schweren Vergiftungssymptomen führen würde. Den Magen-Darm-Beschwerden würde eine gestörte Hirnfunktion folgen, bis hin zur kompletten Hirnlähmung.

Die Pflanzenrunde war sich einig. Schnell waren alle Details abgesprochen. Als sich die Familie zum Abend hin an den Salat und den Zwiebelkuchen machte, passierte alles wie von selbst. Die Amaryllis hatte ihren Stiel abgeknickt, war abgeschnitten und in eine Vase gesteckt worden. Ihre Zwiebel sollte im Biomüll landen, sprang dabei aber in den daneben stehenden Vorrat der entfernten Verwandten. Wie zufällig hatten auch der Weihnachtsstern und die Azalee Verzweigungen abbrechen lassen, die kurz auf der Spüle zu liegen kamen. Dabei landete Milchsaft im Schmandtöpfchen und Azaleenblätter mischten sich unter die Kräuter. Auf Blüten hatten sie verzichtet, die wären zu auffällig gewesen.

Nur die Alpenveilchen waren todtraurig, weil sie nichts beisteuern konnten. „Wir könnten ja nur in unserer Wildform richtig helfen", schluckte eines von ihnen ganz leise. „Mach dir mal nicht ins Hemd. Wir kriegen das auch so hin", sagte die knallrote Amaryllis entschlossen, die das Geschehen von ihrer Vase aus beobachtete. Rasch war ein bunter Salat angerichtet und zügig entstand der Zwiebelkuchen, der bald im Ofen vor sich hin duftete …

KARUSSELL, KARUSSELL

Wie ein böser Zwerg kniete Henry auf der Zudecke seiner Schwester. Sein Kopfkissen hatte er zuvor aus seinem Bettchen herübergeholt, um es der weinenden Hanna auf das Gesicht zu drücken. Der Junge hatte ein knallrotes Gesicht vor lauter Kraftanstrengung, seine Augen waren nur zusammengekniffene Schlitze. In dem Moment öffnete Julia behutsam die Tür zum Kinderzimmer, um nach den Kleinen zu schauen. Sie hatte so ein Gefühl gehabt, kein gutes, eher einen heftigen Druck in der Herzgegend. Mit einem Satz war Julia am Gitterbett, riss den Jungen mitsamt dem Kissen hoch. Ein wimmerndes Japsen ertönte.

„Bist du denn wahnsinnig geworden?", schrie Julia ihren Sohn an, der die Mundwinkel nach unten und die Stirn krausgezogen hatte. Dazu hielt er seine Arme bockig verschränkt. Sie war fast geneigt, ihn im Affekt zu verprügeln, und zitterte am ganzen Leib.

„Was ist denn hier los?", wollte der Vater wissen, der nun auch in der Tür stand. Bei dem Krawall konnte sich ja niemand auf die Sportschau konzentrieren.

„Du gehst sofort in dein Bett!", entschied Julia mit ernster Stimme und wies mit dem rechten Zeigefinger in die Richtung, die Henry einzuschlagen hatte. Er stolperte unwillig dorthin, stieg hinein, legte sein Kissen ordentlich hin und zog sich die Decke bis über die Ohren. Dann hob die Mutter vorsichtig die Kleine aus ihrem Lager und drückte sie an ihre Brust. Mit ihr lief sie an Sören vorbei, der nur den Kopf schüttelte, das Licht ausmachte und die Tür schloss.

Für einen Moment saßen die drei schweigend im Wohnzimmer. „Kann ich nun endlich meine Sportschau weiter ansehen?", drängte sich ein Gedanke in Sörens Gehirn. Aber dann fing Julia an zu erzählen, was soeben passiert war und was ihr schon seit Monaten auf dem Herzen lag. Dass Henry versucht hatte, seine kleine Schwester mit dem Kopfkissen zu ersticken, war nur der berühmte Tropfen, der das Fass zum Überlaufen brachte. Der Kleine war nie zufrieden, quengelte ununterbrochen und stellte Forderungen. Gab sie dem nach, wollte er schlagartig etwas gänzlich anderes. Im Kindergarten drangsalierte und verpetzte der knapp Vierjährige seine Spielkameraden. Er quälte Tiere, trat nach Hunden, hatte ihrer Katze Trudchen schon mehrfach eine Babyrassel oder Ähnliches an den Schwanz oder die Beine gebunden, sodass sie angstvoll durchs Haus tobte, bis sich das Angebinde löste.

„Unser Sohn ist ein böses Kind", seufzte Julia mit tränenerstickter Stimme auf. „Quatsch. Das gibt es doch gar nicht. Böse Kinder!" Sören schüttelte den Kopf. „Das bildest du dir bestimmt alles nur ein. Ist vielleicht der Babyblues nach der Geburt von Hanna. Das war ohnehin eine verdammt schwere Kiste." – „Na, du musst es ja wissen", murmelte Julia vor sich hin.

„Was muss ich?" – „Schon gut. So einen Babyblues hat man eigentlich nur direkt nach der Geburt. Die Kleine ist doch schon ein halbes Jahr alt. Das wäre jetzt ziemlich spät. Und – nein, ich bilde mir nichts ein. Der Junge hat einfach einen schlechten Charakter." Sie schaute auf Sören. „Ach was, und warum starrst du mich so an. Hat er den vielleicht von mir?"

Die Sportschau war gelaufen, der Streit im festen Gange und das Baby heulte unerbittlich. Von der Idee, einen Kinderpsychologen zu konsultieren, hielt Sören nichts. „Alles Humbug.

Das renkt sich schon wieder ein. Und wenn ich es genau bedenke, war ich als Knirps auch ziemlich ruppig im Umgang mit meinen Geschwistern", erklärte der Vater. Julia zuckte die Schultern, sagte kein weiteres Wort, sondern ging nur mit dem Baby auf dem Arm auf und ab, um es zu beruhigen.

Eigentlich wollte sie an einem der nächsten Tage den geplanten Besuch auf dem Weihnachtsmarkt streichen. Nach allem, was im Kinderzimmer geschehen war. Aber sie selbst fühlte sich viel zu wohl in dieser Atmosphäre, die sie fast mehr genoss als ihre Kleinen. Also machte sie sich doch an einem Freitag, an dem sie frei hatte, mit ihrem Nachwuchs auf den Weg.

Hanna lag in ihrem Kinderwagen und strahlte über das gesamte Gesicht. Vielleicht war es die Musik, vielleicht waren es die Düfte. Die Hand von Henry hatte Julia fest umklammert. Nein, nicht wieder ein unachtsamer Moment und dann eine elend lange Suche nach dem Jungen, der sich irgendwo versteckt hielt. Sie wollte unbedingt die Sache im Griff behalten. Vorhin schon war Henry mehrere Runden Karussell gefahren, jetzt kamen sie neuerlich daran vorbei, und er wies begehrlich auf die Pferde, die Autos, die Rakete. Eine Tour reichte ihm nicht aus. Wieder und wieder wollte er seine Kreise drehen, unter heftigem Jauchzen. Längst hatte Julia das geplante Geld ausgegeben und war weit über dem Limit. Schokospieße, Lose, Ringe werfen … Henry bekam einfach nicht genug und maulte lautstark, sobald etwas nicht nach seinem Kopf lief.

Julia grübelte, warf sich Versagen in der Kindererziehung vor. Sören kümmerte sich kaum um den Nachwuchs. Sonntagabend oder am zeitigen Montag fuhr er von Herne aus nach Bayern zu seinem Arbeitgeber, um dann gegen Ende der Woche heimzukehren. Manchmal auch nur alle zwei Wochen, wenn er auf Montage war. Alles blieb an ihr hängen.

Der goldige Engel mitten im Zentrum des farbenfrohen Karussells schien Julia anzustrahlen. Seine Pausbacken hatten rote Flecken, und er trug ein weißes Gewand. Seine lockigen Haare muteten an, als würden sie beim unentwegten Kreisen auffliegen. „Süß", dachte Julia und zugleich: „Herrgottnochmal, warum hast du mich mit diesem Kind gestraft?" Die Figuren verlangsamten ihre Reise, und die ersten Kinder wollten schon absteigen, um den nächsten Platz zu machen. Wo war Henry? Julia geriet in Panik. In dem Auto, in dem er zuletzt gesessen hatte, befand sich ein dicklicher Junge mit einer großen Tüte gebrannter Mandeln in seinen Händen. Auf ihre Frage, ob er Henry gesehen habe, schüttelte er nur gleichgültig den Kopf. Die Mutter ging zu der kleinen Kasse und erkundigte sich dort. „Bleiben Sie ganz ruhig. Hier ist noch keiner verloren gegangen", beruhigte sie die ältliche Dame mit der dicken Brille und einer markanten Warze auf der Oberlippe. „Am besten lassen Sie den Jungen mal ausrufen. Hier ist doch auch ein Stützpunkt vom Roten Kreuz."

Julia bedankte sich, hielt den Lenker vom Kinderwagen mit den Händen fest umspannt, so, als ob sie verhindern wollte, dass ihr auch noch Hanna abhandenkam. Der Ausruf schallte kurze Zeit später über den Weihnachtsmarkt, doch kein Henry tauchte auf. Hektisch lief sie von Bude zu Bude und rief laut seinen Namen. Später verständigte sie die Polizei, aber selbst die konnte ihr nicht helfen. Henry blieb verschwunden.

Das Kinderkarussell drehte weiter seine Runden, nach der immer selben besinnlichen Musik. Die Mädchen und Jungen kamen, fuhren und gingen. Mittendrin prangte der goldlockige Engel, der eine Posaune im Arm hielt. Es schien, als würden seine Augen zwinkern und als würde sein Mund versuchen Worte zu formen. Henry gab sich alle erdenkliche Mühe, wollte zappeln und schreien, aber er steckte fest in der Figur. Sie hielt ihn fortan umspannt und ließ ihn ewig lächeln.

Julias Verzweiflung nahm nicht ab. Und die Zeit heilte nicht alle Wunden. Es war ihre Schuld, dass der Junge auf und davon war, warf sie sich vor. Sie hatte gegen das zweite Gebot verstoßen: „Du sollst den Namen des Herrn, deines Gottes, nicht unnütz gebrauchen; denn der Herr wird den nicht ungestraft lassen, der seinen Namen missbraucht." Vielleicht hatte sie den Jungen spüren lassen, dass sie ihn nicht so sehr mochte. Und er hatte sich andere Eltern ausgesucht. Jahr um Jahr fuhr sie wieder auf den Weihnachtsmarkt zu jenem Karussell, auf dem sie ihn zuletzt gesehen hatte. Der pausbäckige Engel, von dessen goldenen Sandalen der Lack abbröckelte, streckte die Arme flehentlich nach ihr aus, aber das konnte ja nicht sein.

PICKERT-WETTESSEN

Die Frauen, die für das leibliche Wohl bei diesem Fest zuständig waren, stritten sich über die passende Zubereitung der Pickert. „Hefe, Milch, Mehl, Eier, geriebene Kartoffeln, ein paar Rosinen gehören unbedingt hinein", erklärte Berta. „Dann schön in der Pfanne braten und mit Butter, Marmelade, Pflaumen- oder Zwetschgenmus, Kompott, Rübenkraut oder Leberwurst bestreichen … Hmmmm!"

„Das ist aber der Lippische Pickert", zog Edelgard abfällig die Mundwinkel nach unten. „Bei uns kommen nur die Westfälischen Pickert auf den Tisch, kannst meinethalben auch Lappenpickert dazu sagen. Natürlich geriebene Kartoffeln als Grundlage, aber dann nur Mehl, Eier, Milch und Salz. Alles andere wäre zu viel des Guten!"

Die Diskussion zog sich hin. Kastenpickert wurden auch noch als Begriff in den Raum geworfen, in einer Kastenkuchenform wie ein Brot gebacken. Dann nach dem Auskühlen in Scheiben geschnitten und diese in einer Pfanne in heißem Fett gebraten. „Gesalzene Butter dazu, nichts anderes. Höchstens ein Tässchen Kaffee", meinte Heidelinde, die aus Bielefeld stammte. Und Franziska aus Gütersloh nickte bestätigend. Viel zu aufwendig, entschieden die anderen, stimmten ab und die Wahl fiel auf den Klassiker: Westfälischer Pickert.

Als das Wochenende mit dem großen Fest nahte, hatten sich eine paar junge Männer neuerlich zum Wettessen verabredet. Gestartet war ein Dutzend. Wie auch in den Jahren zuvor waren Maik und Heiko in diesem rasanten Kampf übrig geblieben. Alle anderen hatten längst aufgegeben und sich für die Verdauung den einen oder anderen Korn gegönnt. Sie standen im Kreis um die beiden Kontrahenten herum und feuerten sie an. Denen lief Fett die Mundwinkel hinunter. Kaum war ein Teller mit einem Berg von Pickert geleert, stand der nächste daneben.

Böse schauten sich beide in die Augen. „Du nicht", dachte Maik, „wenn hier einer als Sieger hervorgeht, dann bin ich das." – „Schlappschwanz", fuhr es Heiko durch den Kopf, während er sich in Windeseile die nächsten Bissen hinter schob: „Ich werde gewinnen, und dann gehört Katja endlich mir."

Die jungen Frauen standen in einer kleinen Gruppe unweit vom Tisch dieses großen Fressens, unterhielten sich, schüttelten zwischendurch die Köpfe. „Und", fragte jemand, an Katja gewandt, „wirst du dich für Heiko entscheiden, wenn er gewinnt, so wie du es gesagt hast?" Die Angesprochene stieß ein „Nein" hervor und sagte noch dazu: „Das war doch nur so ein Spruch. Ich würde keinen von diesen Fresssäcken nehmen!"

Heiko war inzwischen knallrot angelaufen und hatte sich unter dem Tisch den Hosenbund aufgeknöpft. Bei Maik war ein Knopf vom Hemd abgesprungen, das über seinem dicken Bauch spannte.

„Es gibt keine Pickert mehr", entschied Edelgard, als einer der jungen Männer eine weitere Bestellung orderte. „Ihr fresst euch noch zu Tode." In dem Augenblick hatte Heiko den allerletzten Bissen in sich hineingestopft. „Sieger", dachte er. Dann schienen seine Augen hervorzuquellen, er japste nach Luft, fasste sich an die Brust und rutschte von der Bank. Maik war schwerfällig aufgestanden und hatte sich zu seinem Kumpel hinuntergebeugt, um Zeige- und Mittelfinger an seine Halsschlagader zu legen. „Das war's dann wohl", erklärte er in die Runde. Begehrlich schaute er auf zu Katja.

WEIHNACHTSMOTETTE FÜR GEMISCHTEN CHOR

Sigrid war immer die dritte Wahl. Schon in der Schule, wenn es darum ging, mit jemandem befreundet zu sein, oder im Sport, wenn Mannschaften gebildet wurden. In der Partnerschaft entwickelte sich ihr Leben ebenso weiter. Sie bekam die abgelegten Männer, die mehrfach geprüft, aber nicht für gut befunden worden waren. Sigrid war für sie ein Zwischenstopp, mehr nicht. Im Job verteilte man die begehrten Aufträge an die anderen. Sie erhielt das, was niemand wollte und was schwierig zu erledigen war. Selbst in ihrer Freizeit, im Chor, galt sie als Notnagel. Schön, wenn die Gruppe durch viele Stimmen aufgefüllt war, aber eigentlich benötigte man sie nicht.

Während es bei der Aufstellung der einzelnen Sänger oft Gerangel gab, nahm sie mit dem Platz vorlieb, den man ihr zuwies. Meist standen sie, wenn es die räumliche Situation hergab im Halbrund, von links nach rechts: Sopran, Alt, Tenor, Bass. Jeder konnte jeden sehen, der Abstand zum Hauptmikro war identisch, mitunter kamen noch Stützmikrofone vor die einzelnen Bereiche. Oder es befanden sich in der hinteren Reihe Tenöre und Bässe und vor ihnen Sopran und Alt. Dann waren stufig aufsteigende Podeste wichtig, damit niemand von den Vorderleuten verdeckt wurde und der Schall sich ungehindert zum Hauptmikro ausbreiten konnte.

Der Chorleiter versuchte immer aufkommende Streitereien um die vermeintlich besten Plätze zu unterbinden. Er sprach von homogenem Klang, und dass man nicht zwei ähnlich timbrierte Stimmen nebeneinander platzieren sollte, schon gar nicht zwei laute Selbstdarsteller direkt Schulter an Schulter. Auch sorgte er dafür, dass Kleine in die erste Reihe kamen, um nicht von Hochgewachsenen verdeckt zu werden. Fingerspitzengefühl benötigte er dafür, das befand Sigrid, die ihn natürlich wie alle anderen anhimmelte. Aber gar zu gern hätte sie einmal ein Solo gehabt, wenn auch nur ein klitzekleines.

Direkt nach den Sommerferien startete der Chor mit seinen Proben für die Adventszeit. Unter anderem stand die Weihnachtsmotette von Friedrich Silcher auf dem Plan, jene Hirten zu Bethlehem – eines der angesagten Stücke für einen gemischten Chor a cappella. Außerdem gehörten noch ein paar andere Lieder dazu, bei denen Sigrid durchaus für sich eine Chance sah. Aber dafür hätte eine von den angesagten Sopranistinnen ausfallen müssen. Sie wäre sofort bereit gewesen einzuspringen und war durch langes, intensives Training daheim in bester Übung.

Bei einer der Proben war ein Podest angeknackst, auf dem die kräftigen Bässe standen: zu viel Gewicht. Es befand sich im Bühnenhintergrund in einer Ecke, war aussortiert und ausgetauscht worden. Sigrid war die Letzte auf der heutigen Probe und hatte sich angeboten noch aufzuräumen. Sie nutzte die Gelegenheit, um dieses defekte Podest gegen eines bei den Sopranstimmen auszutauschen. Keiner bemerkte ihre Aktion.

Am nächsten Tag war sie voller Aufregung, wurde sogar vom Chorleiter angesprochen, ob sie es nicht einmal mit einem

Solo versuchen wolle, und tappte, völlig in Gedanken, zunächst in ihre eigene Falle. Das Podest gab nach, sobald sich noch ein paar weitere Sängerinnen dazugesellt hatten. Alle anderen hielten sich beim Sturz gegenseitig fest und gaben sich Halt, während Sigrid zuunterst zu liegen kam, eingeklemmt zwischen den zerbrochenen Brettern.

Im Krankenhaus stellte man einen komplizierten Bruch fest. Sämtliche Weihnachtsauftritte waren für sie gelaufen, und auch der Plan scheiterte, sich mit diesem gut aussehenden sportlichen Sänger aus ihrem Chor in der „längsten Skihalle der Welt" zu verabreden. Wie oft hatte sie davon geträumt und dafür extra im Alpincenter von Bottrop auf der 640 Meter langen Piste trainiert, war nach jedem Sturz wieder unerbittlich aufgestanden. Doch nun lag sie hier und ihr Traum war zu einem Albtraum geworden.

SOZIALE ADER

Clemens hatte in diesem Jahr gemeinsam mit seiner Mutter eine Reise über die Weihnachtsfeiertage geplant. Sehr langfristig. Als sich aber die katastrophale Situation in seiner Firma abzeichnete, konnte er sie dank seiner Reiserücktrittsversicherung noch rechtzeitig stornieren. Er schob es auf die angeschlagene Gesundheit seiner Mutter, was auch der Hausarzt problemlos bescheinigte. Dabei hatten sie sich beide schon so gefreut. Aber viele Zahlen deuteten darauf hin, dass es im Unternehmen bergab ging. Als Buchhalter hatte Clemens zeitigen Einblick in viele Details, war aber zugleich verschwiegen wie ein Grab. Von ihm jedenfalls würde kein anderer Mitarbeiter ein Sterbenswörtchen von einer eventuellen Insolvenz erfahren. Außerdem gab es da ja auch die Konten mit den durchaus beachtlichen Guthaben.

Am letzten Tag vor den weihnachtlichen Betriebsferien kam die Anweisung vom Chef zu einer kurzen Zusammenkunft. Bis 15 Uhr hätten alle noch arbeiten müssen. Zu 14 Uhr war der Termin angesetzt. Die gesamte Mannschaft stand in der großen Fertigungshalle für Küchenschränke zusammen, und der Chef hielt eine knappe Rede, von der bei allen nur haften blieb: Stellenstreichungen, kein Weihnachtsgeld und reichlich blaue Briefe direkt vor dem Fest. „Schließlich müssen wir alle den Gürtel enger schnallen", hatte der Chef noch verkündet und sich auf die Auswahl nach sozialen Kriterien in Abstimmung mit dem Betriebsrat berufen. Seine Sekretärin verteilte die Kündigungsschreiben mit Tränen in den Augen, ein letzter Brief war Clemens eigener.

Wie in Trance lief er zu seinem Büro zurück. Er hatte eine Ahnung gehabt, aber keine Vorstellung, dass es gleich so schlimm kommen würde. Sozial verträglich in seinem Fall? Aber natürlich: alleinstehend, keine Familie zu versorgen, nicht mehr so lange bis zur Rente.

Clemens wusste, dass der Chef wie stets seine zweiwöchige Auszeit antrat. Australien sollte es wohl diesmal sein, hatte er von dessen Sekretärin unter dem Siegel der Verschwiegenheit erfahren. Hochsommerliche 30 Grad Celsius, weiße Strände, Badezeit. Während sich die Einheimischen in ihre Sommerferien verabschiedeten, schlugen die Touristen auf, um ein gänzlich anderes Fest als daheim zu verbringen. Auf jeden Fall stand fest, dass der Chef in diesen 14 Tagen offline war und nichts, aber auch gar nichts vom Unternehmen erfahren wollte.

Clemens lief durch sein Büro und packte seine privaten Sachen in einen Karton. Viel war es nicht, was ihm gehörte: ein Urlaubsschnappschuss mit der Mutter auf Madeira in einem schönen Rahmen, ein dicker Schwiegermutterkaktus, eine Kaffeetasse mit dem Spruch „Morgenstunde hat Gold im Munde", ein angebrochener Packen Tempo-Taschentücher, … Dann fiel ihm noch ein Auftrag ein, den er zu erledigen hatte. Dieser letzte Akt waren einige Überweisungen vor dem Fest an allerlei soziale Einrichtungen: Brot für die Welt, SOS Kinderdörfer, Aktion Sorgenkind, … Für seine Großzügigkeit kam der Chef auch immer in die Tageszeitung. Clemens überlegte nicht lange, sondern erlaubte sich, einfach das Komma bei den sonst üblichen kleineren Beträgen wegzulassen – aus 100,00 Euro wurden 10 000 Euro, aus 500,00 Euro glatte 50 000 Euro, auch 100 000 Euro waren nun dabei. Der Chef würde es nicht sofort entdecken, sein Flieger ging schon in den frühen Abendstunden, und direkt nach der Verteilung der blauen Briefe hatte er sich auf den Weg gemacht.

Erst bei seiner Rückkehr würde er die fatalen Fehler entdecken. Für eine Rücküberweisung recht spät, den Empfängern gegenüber sehr, sehr peinlich und nicht unbedingt sicher, ob die jeweils andere Bank dies auch erledigte. Außerdem gab es da noch zwischen den Tagen die grandiose Berichterstattung in der Neuen Westfälischen. Mit seinen großzügigen Spenden hatte es das Unternehmen auf die erste Seite geschafft, inklusive Porträtfoto des Chefs!

Natürlich verklagte der Boss später seinen ehemaligen Buchhalter. Als sein Angestellter hätte er sein Vertrauen grob missbraucht. Clemens aber bekam eine milde Richterin. Auch dass er seit seiner Entlassung bei einem Therapeuten in Behandlung war, sorgte für ein gnädiges Urteil. Er erhielt aufgrund seiner nicht vollen Schuldfähigkeit und der Tatsache, dass er sich nicht bereichert hatte, eine übersichtliche Strafe auf Bewährung.

SCHNEETREIBEN

Die Klimaanlage tauschte lediglich die abgestandene Luft der Innenräume gegen die Großstadtausdünstungen im Freien aus. Der halbdunkle, enge Flur bedrückte zusätzlich. Marlene spürte ein Stechen in der Brust. Sie presste den Aktenstapel fester an den Körper und blinzelte nervös mit dem rechten Auge.

Beim Öffnen der Tür rutschte ihr die unterste Mappe aus der Umklammerung und zerfiel auf dem Boden in ihre Bestandteile. Rasch legte die zierliche Frau die anderen Papiere auf die Ablage im Zimmer. In der Hocke die Blätter auflesend, rückte sie die verrutschte Brille zurecht und vernahm aus dem Nebenraum die Stimme des Chefs Hubert Henze: „Aber um Gottes Willen, Herr Doktor, da können wir ja von Glück reden, dass ich wieder aus dem Krankenhaus zurück bin."

Marlene, noch in der Tiefe, blickte durch die halb geöffnete Tür in das Nebenzimmer. Dort sah sie ihren Vorgesetzten hinter dem Schreibtisch im Drehsessel, lässig die Beine übereinandergeschlagen und dem Fenster zugewandt. Der Telefonhörer klemmte zwischen Kopf und Schulter. Die Finger der Rechten trommelten gereizt auf die Lehne. „Nein, nein, das waren selbstredend meine Konzeptionen. Ich hatte Frau Werner nur solchermaßen exakt angewiesen", antwortete er ungehalten. „Maßnahmen ergreifen? Sie? Nein, danke, Doktor Bernhardt, das kläre ich schon allein mit ihr."

Marlene Werner war von der Tür zu ihrem Schreibtisch zurückgewichen. Sie saß nun wie gelähmt dahinter, die heruntergefallene Akte immer noch in wildem Durcheinander in der Hand. Mechanisch fing sie an, den Vorgang zu sortieren. Fassungslos dachte sie an die letzte Zeit, in Sekundenschnelle folgte Bild auf Bild.

Vier Monate lang hatte sie den Chef vertreten und währenddessen einige Konzeptionen erarbeitet. Das Aufsehen bei den Herren des Kuratoriums, das anerkennende Kopfnicken von Geschäftsführer Dr. Bernhardt, andererseits die vernachlässigte Tochter, für die kaum Freizeit geblieben war und wenn, dann ging es zulasten der jungen Mutter, die zunehmend an ihrem Nachtschlaf kürzte. Aber Marlene hatte sich so in diese Werbekampagne verbissen, dass ihr der extreme Druck sogar Spaß machte. Nachdem der Chef mit einem Magengeschwür ins Krankenhaus eingeliefert worden war, konnte sie zeitweilig schalten und walten, wie sie wollte.

Plötzlich stand Hubert Henze dicht vor Marlenes Schreibtisch. Ihre feine Nase nahm zuerst seinen schlechten Atem wahr. Hektische Flecken lagen auf seinem feisten Gesicht. „Ich habe Sie gar nicht kommen hören, sind Sie schon lange zurück?", riss er sie aus ihren Gedanken. „Haben Sie endlich die Akten besorgt, die ich schon seit Tagen anmahne?" Die Frau nickte nur tonlos, zupfte die beige Kostümjacke zurecht und hielt ihm die Papiere entgegen, mit denen er kommentarlos in sein Zimmer verschwand.

Es folgten Wochen und Monate der Tyrannei. Marlene war sich dessen bewusst, dass alles seinen Anfang mit jenem Telefonat genommen hatte. Aber sie besaß nicht die Kraft und den Mut, ein klärendes Gespräch herbeizuführen. Manchmal kam es ihr so vor, als sei sie nicht mehr sie selbst. Ein willenloser Automat, der eben funktionierte. Die Arbeitstage wurden lang und länger. Häufig fand der Chef noch kurz vor Feierabend eine dringende Aufgabe für sie, die keinen Aufschub duldete. Dann blieb sie noch ein oder zwei Stunden länger. Das Kind wartete ungeduldig und vorwurfsvoll zu Hause.

Immer wieder geschah es, dass Hubert Henze sie vor anderen kritisierte. Er passte den Augenblick ab, wo gerade jemand von der Nachbarabteilung im Zimmer stand oder gar ein Kunde vorsprach, um die Stirn in Falten zu legen und von oben herab fallen zu lassen: „Aber, aber, Frau Werner, dazu will ich mich lieber nicht äußern. Bitte die Akten morgen erneut auf meinen Tisch."

Vorlagen von ihr korrigierte er unauffällig, sodass sich logische Ungereimtheiten einschlichen, manchmal ließ er einfach nur ein Blatt verschwinden. Mehrfach musste sich Marlene auf Geschäftskonferenzen zumindest belächeln, meist aber rügen lassen. Marlene verspürte ein Gefühl von Wertlosigkeit. Sie kam sich vor wie das Kaninchen vor der Schlange. Nur sie wusste um die Wahrheit, konnte sich aber niemandem anvertrauen. Es mangelte ihr auch einfach an Beweisen.

Einen Tag vor dem Herbsturlaub in den Ferien der Tochter präsentierte ihr der Chef dringende betriebliche Gründe für einen Urlaubsaufschub. So blieb Marlene im Dienst und ließ die Großmutter mit der Kleinen fahren. Die Zeit tropfte zäh dahin. Als das Weihnachtsfest nahte, schafften sie es mit Mühe und Not zu dritt in den Gelsenkirchener Weihnachtscircus. Marlene nickte bei der Vorstellung fast ein, so erschöpft war sie, während sich die anderen beim schönsten Circusfest im Ruhrgebiet amüsierten. Um den 19. Dezember herum bis Anfang Januar luden die Veranstalter regelmäßig in den Revierpark Nienhausen: Vertikalseildarbietung, bombastische Pyramiden einer großen Elefantenherde vom ehemaligen Staatszirkus der DDR, Bärendressur, Löwengruppe, ein Dutzend schneeweiße Tauben, Flugtrapez, Schleuderbrett, kubanische Artisten, Clowns, Showballett, … Es war einmalig, es war phänomenal. Marlene war voller Emotionen und schwor sich, im nächsten Jahr würde alles anders werden.

Ausnahmsweise schien der Winter diesmal direkt zu Weihnachten einzubrechen. Dichtes Schneetreiben hatte an jenem Freitagmorgen, ihrem letzten Arbeitstag, eingesetzt. Am folgenden Tag war Heiligabend. Auf Marlenes Schreibtisch türmte sich unerledigte Post, doch irgendwann musste sie noch in den nahe gelegenen Supermarkt. Nicht einmal einen Braten hatte sie bis jetzt besorgt. Auf ihre zögerliche Anfrage hin, kam ein gnädiges: „Aber natürlich, Frau Werner, Hauptsache, Sie erledigen heute noch die paar Briefe, die ich Ihnen gab."

Benommen lief Marlene durch die Flure des großen Hauses, die Treppen hinab und über die Straße. Fröstelnd schlug sie den Mantelkragen hoch. Das fein geschnittene Gesicht verschwand dahinter und unter der dicken Wollmütze. Dicke Flocken belegten die Brillengläser. Als sie die Nebenstraße überquerte, wäre sie fast gegen das Umleitungsschild geprallt. Sie war schon vorüber, als sie plötzlich in einem jähen, faszinierenden Gedanken im Schritt verhielt. Marlene machte kehrt, ging zurück und schob mit ganzer Kraft das Schild an den Straßenrand. Dann schlugen ihre Beine den Weg zum Supermarkt ein, der kurz vor Ladenschluss wie leergefegt wirkte. Irgendwelche Lebensmittel füllten rasch ihren Korb.

Kurze Zeit später befand sich Marlene wieder an ihrem Arbeitsplatz. Sie fuhr sich mit den Händen durch das aschblonde Haar, zog den nächsten Brief vom Poststapel und schrieb die Antwort gleich in den Computer. Als die Abenddunkelheit längst den Raum erfüllte, verabschiedete sich Hubert Henze und rückte die Krawatte über dem makellos weißen Hemd zurecht: „Ich würde Sie ja gern mitnehmen, Frau Werner, aber ich sehe, Sie sind wie immer noch nicht fertig." Er wartete keine Antwort ab. „Frohes Fest auch!", schloss er energisch die Tür hinter sich.

Hubert Henze startete den Motor, legte den ersten Gang ein und gab Gas. Am Tor der firmeneigenen Garage stoppte er noch einmal, um die Sicherheitsanlage kurzzeitig außer Betrieb zu setzen. Mühelos beschleunigte der Wagen. Hubert Henze pfiff vor sich hin, in froher Erwartung, was seine Gattin so alles zu den Feiertagen in der Küche gezaubert haben mochte. Er bog in die Nebenstraße ein, die offensichtlich wieder für den Verkehr freigegeben war. Der Mann gab erneut Gas, denn es war wahrhaftig spät geworden. Die schlechte Sicht in dem Schneetreiben störte ihn wenig. Den Weg kannte er im Schlaf.

Zwei Querstraßen weiter befand sich die Absperrung. Ein massives Gerüst ragte mit einer Metallstange in gut einem Meter Höhe über die rechte Straßenseite. Als der Fahrer das Hindernis bemerkte, kam jede Reaktion zu spät. Das Metall fraß sich knirschend oberhalb der Motorhaube in das Auto. Glas splitterte. Der Körper gab wenig Widerstand; die Kopfstütze bog sich mit der menschlichen Masse nach hinten. Endlich stand das Fahrzeug. Nur kurz reichten die Scheinwerfer in die Dunkelheit der Straße, an der lediglich bereits verlassene Büros gelegen waren. Mit schnellen Flocken bedeckte der Schnee den Wagen.

Marlene beendete den letzten Brief, schaltete den Computer ab und goss sich einen Kaffee ein. Sie füllte die Tasse einen Finger breit bis zum Rand mit Cognac auf, der ansonsten für Gäste bestimmt war, und blickte auf ihren Mantel an der Garderobe, unter dem der getaute Schnee eine Pfütze gebildet hatte. In langsamen Schlucken genoss sie die Wärme, die ihren Körper durchströmte.

DIE GEIZIGE

Cordula deckte gerade den Tisch in der wohlig warm geheizten Küche. Punkt 15 Uhr sollte es Kaffee und Kuchen geben. Wie jeden Tag. Ein unumstößliches Ritual. Viel Zeit blieb ihr nicht, aber das war auch gar nicht nötig. Sie hatte alles im Griff. Auf dem Tisch stand ein Kranz, eigenhändig von ihr gewunden, mit Tannen- und Fichtengrün aus dem großen Garten des Anwesens. Dazwischen steckten glitzernde Kugeln, Zapfen und Zimtstangen, die ihren Duft verbreiteten. Obenauf vier knallrote dicke Kerzen, wovon schon zwei angezündet worden waren. Dabei würde es auch heute bleiben. Es war ein gewöhnlicher Donnerstag. Die Kinder Jana-Marie und Pascal befanden sich noch in der Schule beziehungsweise bei ihrem Lehrausbilder, beide hatten sich in der Ehe erst spät eingestellt, nach unendlich vielen vergeblichen Versuchen. Ihr Mann Patrick war in seiner Anwaltskanzlei beschäftigt. Landwirtschaft betrieben sie nur im Nebenerwerb. Die Arbeit mit den Tieren hing vorrangig an Cordula, jedenfalls die Organisation. Fürs Grobe hatte sie zwei Angestellte. Bio war ihr Markenzeichen bei allem und verkaufte sich gut.

Cordula zelebrierte das Kaffeetrinken auch gern ganz für sich allein. Gerade wollte sie die beiden Kerzen entzünden, da entdeckte sie eine Gestalt, die sich den Weg zu ihrem Haus bahnte. Mitten auf der Auffahrt, auf dem festgefahrenen Schnee, lief jemand mit gebeugtem Rücken in ihre Richtung. Ganz eindeutig. Das war Ines, ihre jüngere Schwester. Verdammt noch mal, was wollte die denn um diese Zeit bei ihr? Wahrscheinlich wieder schnorren, dachte Cordula und blickte grimmig um sich. Dann griff sie zügig zu ihrem selbst gemachten Baumkuchen. Nein, den auf keinen Fall. Da steckte viel zu viel Arbeit drin, mit all den nacheinander gebackenen Teigschichten, die später beim Gesamtprodukt horizontal angeschnitten tatsächlich wie die Jahresringe eines Baumes anmuteten. Cordula hatte den edlen Porzellanteller mit ihrem Kunstwerk schon in die Speisekammer getragen. Als sie zurückkehrte, entfernte sie auch die kleinen Kristallschälchen mit dem weihnachtlichen Gebäck. Die Kaffeekanne ließ sie noch in der Maschine stehen.

Ines hatte in der Zwischenzeit die Haustür erreicht. Es war ein langer und schwerer Weg für sie. Einer, den sie eigentlich nie antreten wollte. Doch heute schien es die einzige Lösung zu sein, die Schwester um etwas zu bitten. Vielleicht ein paar Lebensmittel. Geld würde sie bestimmt nicht herausrücken, dafür war sie einfach zu geizig. Aber etwas zu essen für eine nahe Verwandte? Das war doch das Gebot der Stunde.

Zaghaft führte Ines ihre Hand zum Klingelknopf und drückte darauf. Dreimal hintereinander, so wie es in der Familie üblich war. „Dir kann es wohl nicht schnell genug gehen", fauchte Cordula sie an, nachdem sie die Haustür aufgerissen hatte. „Ich wäre beinahe gestürzt, weil dein Klingeln so auffordernd klang."

„Aber …", wandte Ines ein und wollte auf das allgemein übliche Zeichen verweisen. Dann ließ sie es bleiben. Sie wollte die Schwester nicht noch mehr erzürnen. „Entschuldige bitte und guten Tag. Darf ich reinkommen?", fragte sie stattdessen. „Wenn es unbedingt sein muss. Ich habe viel zu tun und überhaupt keine Zeit."

„Ich will auch gar nicht lange stören", gab Ines von sich. Sie hätte lieber daheim bleiben und in die Suppe einen weiteren Nachschlag Wasser tun sollen, vielleicht mit einer zerkrümelten Scheibe Brot noch andicken. Ein paar Gewürze hätten das Ganze schon schmackhafter werden lassen.

„Wo du nun einmal da bist", knurrte Cordula und ging voraus. Ines folgte ihr und schob hinter sich die Haustür ins Schloss. Fröstelnd rieb sie ihre eiskalten Finger, nachdem sie ihre Handschuhe ausgezogen hatte. „Lass deine Schuhe am Eingang stehen. Die Putzfrau hat schon gewischt", kam noch eine harsche Aufforderung der Schwester.

Ines hängte ihre dicke, schon ziemlich zerschlissene Jacke vorsichtig an die Garderobe und schlüpfte in ein Paar Gästepantoffeln. Hier drinnen war es warm und duftete köstlich. Ihr lief das Wasser im Mund zusammen. Jetzt, um die Nachmittagszeit, ein schönes Stück Kuchen und dazu eine Tasse Kaffee mit zwei Stücken Zucker und Sahne. Das wäre es. Aber das hatte es schon lange nicht mehr zu Hause gegeben. Seit ihr Arbeitgeber ihr gekündigt hatte. Nach 25 Jahren ohne Krankmeldung hatte sie es gewagt, zum Arzt zu gehen, weil sie die Schmerzen nicht mehr ertrug. Die Bandscheiben, wie sich herausstellte. Ein paar gelbe Scheine folgten, längere Abwesenheit und schließlich die Kündigung. Sie hätte sich wehren können, aber ihr fehlte die Kraft dazu. Und seit einem Vierteljahr war nun auch noch Oliver in Kurzarbeit bei dem großen Kfz-Zulieferer. Zum Glück waren die Kinder schon aus dem Haus, aber denen erzählten sie auch nichts von ihrem Unglück. Sie wollten sie nicht belasten.

Cordula musste ihr doch helfen, wo sie schließlich das großzügige elterliche Anwesen bewohnte, das ihr eigentlich auch zur Hälfte gehörte. Vater und Mutter hatten immer einstimmig verkündet, dass nach ihrem Tod das Finanzielle gerecht geteilt werden sollte. Nun waren beide im Pflegeheim verstorben, wohin Cordula sie geschickt, ja, mit maximaler Überzeugungskraft gedrängt hatte.

„Du hast es so gemütlich", lobte Ines und spürte ihren trockenen Mund. „Darf ich etwas zu trinken haben?" – „Wenn es denn sein muss", flüsterte Cordula. „Wie bitte?" – „Was sein muss, muss sein", lenkte Cordula ein. „Der Kaffee ist noch nicht fertig. Aber ein Glas Wasser ist immer gesund und bei uns aus der Leitung kommt es von allerhöchster Güte." Sie öffnete eine Wandschranktür, entnahm ein einfaches, ehemaliges Senfglas und füllte es unter dem Hahn. Dann stellte sie ihrer Schwester das Getränk hin.

Ines war sprachlos. Der Kaffee war doch ganz bestimmt schon fertig. Alle Anzeichen der Maschine deuteten darauf hin. Aber sie wollte keinen Streit. Sie wollte nur etwas Essbares. Auf dem Tisch entdeckte sie lediglich ein Gedeck, den Kranz und sonst nichts. Ihr Magen knurrte. Das musste sogar die Schwester hören. Aber die reagierte nicht darauf.

„Warst du zufällig in der Gegend?", wollte Cordula wissen und trommelte mit den Fingern auf die weiße Decke. „Nein. Ich wollte schon direkt zu dir", entgegnete Ines schwer schluckend. Das Wasser war eiskalt. „Da hättest du auch vorher anrufen können. Solche Überraschungsbesuche mag ich überhaupt nicht." – „Stimmt. Das tut mir leid." – „Also, was willst du?"

Ines fing an von ihrer Notlage zu berichten. Schwer formten sich die Sätze, aber schließlich waren sie heraus. „Tja, und? Da gibt es doch staatliche Hilfen, wenn ich mich recht entsinne. Ihr könntet zur Tafel gehen. Die wird es ja wohl bei uns in Münster auch geben. Ich kenne mich da allerdings nicht so aus."

„Aber ich dachte …", fiel Ines ein. „Natürlich. Du dachtest an mich und uns. Dabei geht es uns überhaupt nicht gut", fing Cordula an zu jammern. Sie erfand Klienten, die bei Patrick nicht zahlten. Sie behauptete, die Landwirtschaft würde nur ins Geld gehen, anstatt etwas zu bringen. Sie bauschte die Kosten auf, die die Kinder erzeugten. „Wir schreiben rote Zahlen, und wenn das so weitergeht, dann droht uns Insolvenz!"

In Ines stieg Mitleid auf: „Ja, wenn das so ist. Das wusste ich alles gar nicht. Steht es tatsächlich so schlimm um euch?" Cordula nickte nur. Ihre Augen waren feucht geworden und eine einzelne Träne zwängte sich an ihrer hakigen Nase herunter. „Dann will ich nicht länger stören. Kümmer dich mal um deine Lieben. Ihr könntet ja an den Feiertagen einfach bei uns reinschauen. Als Familie müssen wir doch zusammenhalten", schlug Ines vor und erhob sich.

Cordula stand ebenfalls auf und zog jetzt die Gardinen vor das Küchenfenster, während das Licht der beiden Kerzen flackerte. Sie wollte unbeobachtet Kaffee trinken und endlich ihren Kuchen genießen. Dann begleitete sie ihre Schwester hinaus. Der Abschiedsgruß fiel kurz aus. Wenig später saß Cordula allein am Tisch und genoss zwei große Stücke von ihrem Baumkuchen, dazu drei Tassen Kaffee. Nebenbei blätterte sie eine Frauenzeitschrift durch. Beim Blick auf eine festlich gedeckte Tafel fiel ihr ein, dass sie noch etwas erledigen wollte, ehe die anderen nach Hause kamen. Ein weiterer großer Schinken musste im ausgebauten Dachgeschoss ins Gebälk gehängt werden. Zu den anderen Exemplaren. In den Kammern war kein Platz mehr, die quollen schon über von all den Leckereien.

Als sie aufstand, musste sie rülpsen und ein leichtes Sodbrennen machte sich bemerkbar. Das war vielleicht doch etwas Kuchen oder Kaffee zu viel, dachte sie und setzte sich ihre Kopfhörer auf, um ihrer nachmittäglichen Entspannungsmusik mit den kleinen eingebauten Übungen zu lauschen. Währenddessen lief sie durchs Haus, um den Schinken zu holen. Als sie ihn anhob, fiel ihr ein, dass das eigentlich Männerarbeit sein sollte. Viel zu schwer. Aber nein, sie war doch auch eine starke Frau, funkte ein weiterer Gedanke dazwischen. Sie hielt das Fleischstück mit beiden Händen fest an ihren Oberkörper gedrückt. Dann stieg sie die Treppen hinauf. Ein Haken war in der Reihe noch frei. An dem wollte sie den Schinken platzieren. Mit einem Fuß schob sie eine kleine Leiter direkt darunter, stieg etwas schwerfällig hinauf und hängte das Teil zu den anderen. Abgelenkt von einer Wellnessübung bemerkte sie nicht, dass sich der Balken bedenklich durchbog, und sie hörte auch nicht das knackend-knirschende Geräusch. Als sie wieder auf festem Boden stand, gab das Gestänge über ihr aufgrund des zu hohen Gewichtes nach und alles brach über ihr zusammen. Ein gellender Schrei hallte durchs Haus und erstarb zugleich. Cordula lag inmitten der duftenden Pracht und rührte sich nicht mehr.

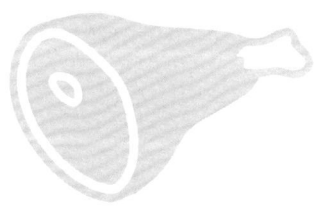

GANOVE IM ROTEN MANTEL

Luzie legte ihr Strickzeug beiseite und packte die Brille dazu. Sie war ein gutes Stück vorangekommen, und auch dieses Paar Socken würde zum Fest fertig sein und seinen künftigen Besitzer erfreuen. Die gesamte Familie liebte die Selbstgestrickten der Uroma. Gern legte sie auch den einen oder anderen Schein hinein, je nachdem, um welchen Empfänger es sich handelte.

Die alte Dame mochte diese ganz besondere Zeit und hatte alles hervorgeholt, was die Wohnung in eine weihnachtliche Atmosphäre tauchte. Auf ihrem Handarbeitstischchen lag die Häkeldecke mit den Sternenmotiven, an den Fenstern hingen kleine, goldige Engelchen. Im Flur stand eine große Bodenvase mit Tannenzweigen, an denen geschnitzte Holzfiguren baumelten. Und in ihrem Wohnzimmer befand sich die große Tanne mit der üblichen Dekoration in klassischem Rot. Sogar etwas Lametta hatte sie noch dazu gehängt. Das lagerte ansonsten in einer Schachtel und wurde Jahr um Jahr erneut drapiert. Und während sie alles schön dekorierte, hing sie ihren Erinnerungen nach, wie früher Bauern vor Heiligabend Saatgut einpflanzten, damit es Glück bringe, weshalb auch einen Tag vor der Weihnachtsfeier ein Teil des Roggens eingesät wurde: die „Christrogge". Sie sollte dem Hof Segen, Fruchtbarkeit und sogar doppelte Ernteerträge bringen, außerdem die Felder vor Frost und Hagel sowie weiteren Wetterschäden schützen. Und ein anderer Brauch:

In der Nacht vor Heiligabend einen Stein lautlos in die Äste von unfruchtbaren Bäumen gelegt, sollte diese animieren, im nächsten Jahr wieder zu tragen.

Gut in ihrem Gedächtnis haften geblieben war, wie sie als junges Mädchen am frühen Morgen des 25. Dezembers, direkt nach dem Gottesdienst, der sogenannten Ucht, im Geflügelstall verschwand, um das Federvieh zu wecken. Krähte der Hahn, so glaubte man, eine Hochzeit würde im folgenden Jahr bevorstehen. Luzie musste lächeln und brach in lautes Lachen aus, als ihr die Sache mit dem „Letztenspott" einfiel. Einmal hatte es ihren Bruder am Thomastag, dem 21. Dezember, erwischt, und er wurde als faulster Langschläfer gekürt. Ein Ruhm, von dem er zwölf Monate zehren konnte und noch darüber hinaus.

Sie hatte es noch einmal geschafft, sich einen der Märkte in der nahegelegenen Stadt anzuschauen. Der Rollator war zwar etwas hinderlich, aber dennoch hilfreich. Ihre Nichte hatte sie begleitet und ihren Wagen direkt neben dem Markt auf einem Behindertenparkplatz abgestellt. „Siehst du, mein Kind", hatte Luzie geschmunzelt. „Manchmal haben gesundheitliche Einschränkungen auch ihre Vorteile. So müssen wir nicht so weit laufen." Die beiden gönnten sich einen Glühwein ohne Alkohol, ein paar Zimtsterne und allerlei Kleinigkeiten, die noch als Gaben unter dem Weihnachtsbaum landen sollten. „Noch ein Glücksumstand, dass ich dieses Gefährt habe", strahlte Luzie, als sie den fünften Einkaufsbeutel einhängte. Die Nichte nickte nur.

An jenem Tag hatte die alte Dame natürlich auch die Tageszeitung gründlich gelesen. War empört über den Bericht zum neuerlichen Enkeltrick. Genau in dieser rührseligen Weihnachtszeit machten sich Verbrecher die Situation zunutze. Überall auf den traditionellen Märkten liefen Männer in roten Mänteln und mit weißen Bärten herum. Fotos mit den Kleinen waren angesagt. Die Gauner zogen diesmal mit einer besonderen Masche durch die Lande, recherchierten gründlich, schlugen dann zu – rasch und sehr konzentriert. Der Enkeltrick in seiner Adventsversion. Luzie hatte nur den Kopf geschüttelt, dann aber den Bericht eigentlich vergessen. Die Nichte fuhr ihre Großtante wieder nach Hause und trank bei ihr noch eine Tasse Kräutertee.

Am nächsten Vormittag klingelte es an der Tür der 93-Jährigen. Wer konnte das sein? Von der Familie hatte sich niemand angemeldet. Sie lief durch ihre Wohnung und schaute durch den Spion. Ein Weihnachtsmann! Das konnte doch wohl kein Zufall sein.

„Ja?! Sie wünschen bitte?", rief sie durch die geschlossene Tür. „Gar zu gern würde ich Ihnen das in Ruhe erklären", sagte der Weihnachtsmann mit tieftrauriger Stimme. „Es geht um Ihren Enkel. Da ist etwas passiert, und er braucht unbedingt Ihre Hilfe. Wir sind übrigens miteinander befreundet."

„Aha", dachte Luzie laut und für sich: „Da gibt es ja nur den einen, der heißersehnte späte Nachkömmling, alle anderen sind Enkelinnen!" Schließlich setzte sie deutlich hörbar noch nach: „Einen kleinen Augenblick. Ich bin gleich bei Ihnen."

Dann lief sie zur Garderobe, griff sich ihr Handy und schickte ihrem einzigen Enkelsohn eine SMS mit SOS – dem vereinbarten Zeichen, wenn Gefahr drohte. Kaum getan, ließ sie das Telefon in die Tasche ihrer gestrickten Weste rutschen, die mit den Rentiermotiven. Dann öffnete sie die Tür und schaute freundlich durch ihre Brille. „Das müssen Sie mir aber jetzt genauer erklären, Herr Weihnachtsmann. Kommen Sie nur herein." Er folgte ihr, während er sich gründlich umsah. Ein offensichtlich leichtes Opfer. Sehr zutraulich.

Luzie bot dem Weihnachtsmann einen Platz auf ihrem Sofa an und schob schon einmal eine Schale mit allerlei Gebäck und ein paar Stücken Stollen zu ihm hin. „Damit Ihnen die Zeit nicht lang wird. Ich koche uns erst mal einen guten Kaffee. Dabei lässt es sich dann leichter reden. Wenn der fertig ist, erzählen Sie mir alles in Ruhe."

Jürgen war unterwegs, als ihn das SOS seiner Oma erreichte. Gefahr im Verzug, dachte der Kommissar und wendete sein Fahrzeug umgehend, um den Weg nicht zu seiner Detmolder Polizeiwache, sondern zu seiner Großmutter einzuschlagen. Eine Viertelstunde etwa würde er bis zu ihr benötigen. Hoffentlich reichte die Zeit aus. Ein Rückruf schien ihm zu gefährlich. Dafür war ja auch dieses Notsignal da.

Der Weihnachtsmann streckte währenddessen seine gestiefelten Füße aus. Einige Erfolge konnte er heute schon verbuchen. Edle Schmuckstücke, etliches an Bargeld, … nur noch dieses letzte Opfer, nahm er sich vor, dann wollte er die Gegend wechseln. Aber ein paar Einsätze sollten bis zum Fest schon noch drin sein. So leicht konnte man sonst nicht zu solch üppigen Einnahmen kommen.

„So, mein Lieber", schob Luzie den Wagen mit der Kaffeekanne und den beiden Gedecken durch die Stube, „der ist ganz frisch gebrüht und wird Ihnen sicher munden. Ich setze mich mal jetzt hin, damit Sie mir erzählen können, was denn mit meinem Enkel Jürgen los ist. Erst gestern war er noch hier. Jetzt zittern mir sogar die Hände. Sehen Sie!" Luzie hob ihre Hände hoch und wies auf die Kanne: „Schenken Sie uns bitte mal ein. Ich bin so aufgeregt."

Der Weihnachtsmann musterte sie. Ziemlich gesprächig, die alte Dame. Aber warum auch nicht. Er hatte ja Zeit. Und so kümmerte er sich um den Kaffee und fing an, eine wilde Geschichte zu erzählen, von einem Unfall, den der Enkel verursacht habe. Alkohol sei im Spiel gewesen, weshalb der andere nun von ihm reichlich Geld forderte, damit er den Mund hielt und den Schaden unter der Hand beheben ließ. Luzie verwickelte den Weihnachtsmann in ein ausführliches Gespräch. Hakte da nach, stellte dort eine Zwischenfrage. Und ihr Gegenüber holte immer weiter aus.

So langsam könnte Jürgen aber mal auftauchen, dachte Luzie mit ernstem Gesichtsausdruck, der durchaus zur Situation passte. Dieser Verbrecher nimmt es ja wohl mit dem siebenten Gebot – du sollst nicht stehlen – nicht so genau, überlegte sie vorwurfsvoll. Sie hatte den Weihnachtsmann so platziert, dass die Zimmertür in seinem Rücken lag, außerdem hatte sie diese bei ihrer Rückkehr aus der Küche nur angelehnt. Er würde also nicht sofort etwas bemerken.

Jürgen verfügte für besondere Situationen über einen Wohnungsschlüssel seiner Oma. Behutsam öffnete er die Tür und schlich in die Wohnung. Dann zog er seine Pistole aus dem Halfter und schob sich langsam in den Raum. Beruhigend nickte er seiner Großmutter zu, während der Weihnachtsmann noch plauderte und plauderte.

„Polizei", sagte er, während er seine Pistole auf den Mann gerichtet hielt. „Ich nehme Sie vorläufig fest. Es besteht dringender Verdacht, dass Sie zu der Bande gehören, die zurzeit Senioren betrügt und bestiehlt." Dann ließ er die Handschellen klicken, die er in der Zwischenzeit gezückt hatte. Mit verblüfftem Blick und absolut sprachlos ließ der Weihnachtsmann alles mit sich geschehen, während sich Oma Luzie auf dem Sofa vergnügt die Hände rieb und genussvoll in ein Stück Stollen biss.

„ES BRENNT!"

Es hatte alles so friedlich begonnen. Benedikt und Natascha hatten sich mit ihren Freunden auf dem „Romantischen Weihnachtsmarkt" verabredet. Eine schöne Tradition unter ihnen, am ersten Adventswochenende noch einmal durch das Hagener Freilichtmuseum zu schlendern, wenn der Landschaftsverband Westfalen-Lippe dafür das Signal gab. Treffpunkt 17 Uhr Mäckingerbach hieß es dann, um auch Sankt Nikolaus in seinem feierlichen roten Bischofsornat abzupassen. Schließlich brachten einige ihre Kinder mit, die sich auf die süßen Überraschungen aus seinem Geschenkesack freuten. Einige kurzweilige Stunden lang genossen alle zwischen den festlich illuminierten Fachwerkhäusern und den aufwendig geschmückten Weihnachtsmarkthütten die anheimelnde Atmosphäre.

Das Freilichtmuseum war ohnehin ein Anziehungspunkt für alle, wenn Besucher aus der Ferne nach Hagen kamen. Es präsentierte 200 Jahre Handwerks- und Technikgeschichte aus Westfalen und Lippe. Ein Museumsbesuch war von Anfang Mai bis Ende Oktober möglich. Dann duftete es dort nach frisch gebackenem Brot und geröstetem Kaffee. Schmiedefeuer loderten, die Vögel des Waldes zwitscherten, der Mäckinger Bach plätscherte und schlagende Hämmer gesellten sich dazu.

Es sollte sein wie immer, aber die Jahre waren dahingeeilt, und die Beziehung von Benedikt und Natascha hatte Rost angesetzt. Eine kleine Weile nach ihrem weihnachtlichen Treffen im Freilichtmuseum brach nach dem Frühstück ein heftiger Streit zwischen den beiden aus. Zornige Funken stoben, böse

Worte fielen. Keiner konnte sich später an den Auslöser erinnern. Klar war nur, dass beide irgendwann das Haus voller Groll in unterschiedliche Richtungen verließen. In ihrem schönen alten Haus hing der üppig gewundene Weihnachtskranz dekorativ von der Decke herab, direkt über dem Küchentisch. An diesem Morgen hatten sie die vierte Kerze entzündet.

Erst waren beide verschiedenen Weges durch den Schnee gestapft, der dieses Weihnachtsfest verschönen wollte. Dann landete Benedikt zu einem Frühschoppen im örtlichen Gasthaus, während Natascha bei ihrer besten Freundin klingelte, um der ihr Leid zu klagen. Die Zeit verrann, das eine oder andere Bier floss durch die Kehle des Mannes, während die beiden Freundinnen eine Sektflasche geköpft hatten.

„Es brennt!", rief ein neuer Gast, der soeben das Restaurant betrat, und löste damit große Aufregung aus. Der Wirt griff zum Telefon, während die anderen vor die Tür eilten, um das Ereignis zu bestaunen. Zur selben Zeit schaute die beste Freundin aus dem Fenster, Rauchwolken hatten ihre Aufmerksamkeit erregt. „Es brennt!", stieß sie erschrocken aus, sprang auf und rannte mit Natascha ins Freie.

„Um Gottes willen, das ist ja unser Haus", sagten Benedikt und Natascha zugleich an verschiedenen Orten. Die Feuerwehr befand sich schon mitten im Einsatz, als sie außer Atem ihr Heim erreichten. Aber es war zu spät. Das gesamte Haus brannte bis auf die Grundmauern herunter.

Die Versicherung vermutete grobe Fahrlässigkeit. Jeder der beiden schob dem anderen die Schuld in die Schuhe. Unvereinbarkeit der Charaktere bestätigte der Richter bei ihrer Scheidung, obwohl alles ja eigentlich so friedlich begonnen hatte.

DAS PRAKTISCHE PRÄSENT

Er trug dieses breite Grinsen zur Schau, das er immer aufsetzte, wenn ihm etwas besonders gelungen erschien. Gern bei heiteren Anekdoten im Freundeskreis, die meist zulasten von Ramona gingen. Und nun wieder, als er vor ihrer Tür stand, geheimnisvoll wirkend und mit etwas Großformatigem hinter seinem Rücken, das er mit einer Hand umklammert hielt. „Überraschung", sagte Benjamin und warnte: „Nicht neugierig sein!" Ramona trat zurück und gab ihm den Eingang frei. Ob sie wollte oder nicht, sie musste auf das da schauen, was Einzug in ihre vier Wände hielt. Vielleicht würde alles nicht so schlimm werden, hoffte sie.

Benjamin verschwand mit seinem Gepäckstück im Schlafzimmer, rumorte eine Weile darin herum, schloss dann die Tür hinter sich, lief durch den Flur und ließ sich aufs Sofa fallen. Von dort drohte er mit dem Zeigefinger: „Auf keinen Fall darfst du stöbern. Die Auflösung bringt der Weihnachtsmann, ha, ha!" Ramona biss sich auf die Lippen. Wenn es das war, was sie annahm, dann würde sie ausrasten bei der Bescherung. Möglicherweise war es jedoch nur eine Beigabe. Sie klammerte sich an einen Hoffnungsschimmer.

Die Beziehung zwischen Benjamin und Ramona war in die Jahre gekommen. Er pendelte zwischen ihr und seiner Frau. Von der – und vor allem ihren gemeinsamen Kindern – konnte er sich immer noch nicht lösen. Ramona hätte sich längst von ihm trennen sollen. Auch plagte sie das schlechte Gewissen, weil sie sich in diese Ehe eingemischt hatte. Selbst wenn sie ihren Glauben nicht sonderlich aktiv praktizierte, so hatte sie doch Angst vor jedem Blick in den Spiegel. Der Traum, in dem das Wort Sünde auf ihrer Stirn eintätowiert war, verfolgte sie in Dauerschleife. Eine saubere Trennung seiner Ehe wäre eine Option gewesen, aber inzwischen doch nicht mehr, wie sie fand.

Benjamin war der große Plauderer im Freundeskreis und zog alle in seinen Bann. Lacher, selbst wenn sie gequält kamen, registrierte er mit sichtbar körperlichem Vergnügen. „Hat sie die Dosensuppe nicht prächtig hinbekommen?", war einer seiner Gags und: „Da hat sich meine kleine Schnapsdrossel doch wieder mal im Vorfeld den Wein gegönnt, statt ihn zu unserem Coq au Vin zu geben!" Oder „Manieren sind eben nicht jedermanns Sache." Ein müdes Lächeln stellte er indes zur Schau, wenn sie ihren Lieblingswitz beisteuerte: Trifft ein Rheinländer einen Westfalen mit einem Papagei auf der Schulter. Fragt der Rheinländer: „Kann der auch sprechen?" Sagt der Papagei: „Keine Ahnung."

Sie konnte sich partout nicht mehr daran erinnern, was sie einst zusammengeführt hatte. Das alles war in dichten Nebel gehüllt. Und sie konnte selbst nicht begreifen, warum sie nicht endlich einen Schlussstrich zog. Eventuell war es die Angst vor dem Alleinsein. Selbst beim jüngsten Gütersloher Weihnachtsspaziergang wollte bei ihr nicht die rechte Stimmung aufkommen. Bei aller Mühe, die sich die Stadtführerin gab. Sie kannte doch alles – die bezaubernde Kulisse des Alten Kirchplatzes, die Krippe der Martin-Luther-Kirche, die urigen Hinterhöfe, weihnachtliche Bräuche und Sitten …

Am 24. Dezember schlug Benjamin wie stets erst bei ihr im Stadtteil Friedrichsdorf auf, um sich zum Abend hin zu seiner Familie zu verabschieden, die in Kattenstroth wohnte, wo er auch mit dem einzigen Karnevalsverein der Stadt sympathisierte. Mit „Maschi Mau – Kattenbuer Helau" versuchte er gelegentlich auch ihre Heiterkeit zu erzeugen, was in den Anfängen ihrer Beziehung durchaus geklappt hatte.

Der Heilige Abend begann eigentlich ganz harmonisch. Ramona hatte für ihn allerlei Präsente mit Bedacht ausgewählt – ein Konzertabo mit seinen Lieblingsphilharmonikern, einen Bildband über die britischen Kanalinseln, sein bevorzugtes Urlaubsziel, eine großformatige Sonderedition seiner begehrten Mozartkugeln. Und Benjamin hatte sich auch aufrichtig darüber gefreut. Ihr Weihnachtsgeschenk bestand dagegen einzig und allein aus der aufwendigen Bügelstation. Er hatte sich nicht einmal die Mühe gemacht, das Stück zu verpacken.

„Wir wollen ja die Umwelt schonen, da habe ich extra auf Geschenkpapier verzichtet", erklärte er und wollte wissen: „Freust du dich gar nicht? Dabei habe ich bei dieser großen Überraschung speziell an deinen Rücken gedacht, wo er dir doch immer schmerzt, wenn du bügelst." Ramona schaute entgeistert auf das Gerät, während sie auf einer Banderole von den Extras las: Doppelbügeleffekt durch Dampf- und Hitzereflexion, Extrakomfort dank vier Millimeter Schaumstoffpolsterung … Sie hasste keine Hausarbeit mehr als das Bügeln. Für sich kaufte sie möglichst Garderobe, bei der das nicht nötig war.

„Hast du noch einen Kaffee, ehe ich mich auf den Weg mache?", riss Benjamin sie aus ihren Gedanken. „Natürlich", sagte Ramona und erhob sich. Im Flur zog sie den Wohnungsschlüssel aus seiner Jackettasche.

Nachdem Benjamin das Haus verlassen hatte, holte sie sämtliche Hemden von ihm aus dem Kleiderschrank, stellte das Bügeleisen auf die höchste Stufe und legte los. Bald roch es brenzlig, der Stoff zog sich unwiederbringlich faltig zusammen, erste braune Flecke entstanden. Als es ihr noch nicht genug erschien, griff sie alle Schlipse und auch Hosen. Zuletzt folgten die Feinrippunterhosen, bei denen sie das Bügeleisen schon ziemlich lange in einer Position stehen lassen musste, um Spuren zu hinterlassen. Dann packte sie alles in zwei Koffer, die Benjamin immer für gemeinsame Reisen nutzte.

Für den zweiten Feiertag hatte er sich per SMS angemeldet. Er klingelte an der Haustür und erklärte: „Machst du mal auf?! Ich kann den Schlüssel gerade nicht finden." Sie drückte auf den Knopf und stellte die beiden Koffer neben den Abtreter.

Als er gegen die Wohnungstür hämmerte, war sie einen Augenblick lang geneigt, seine Frau anzurufen. „Du kannst ihn endlich für dich behalten", hätte sie ihr sagen wollen. Aber die Peinlichkeit wollte sie sich lieber ersparen, und außerdem war das ja wohl nicht mehr nötig.

DIE RASENDE WEIHNACHTSPYRAMIDE

„Ich will endlich volljährig sein", brauste Timo auf und stemm-
te trotzig seine Fäuste in die Hüften. „Und was meinst du, wird
sich dann ändern?", erkundigte sich seine Mutter mit einem
verschmitzten Lächeln. „Dann kann ich endlich tun und lassen, was ich will", entgegnete Timo und knallte die Tür seines
Zimmers hinter sich zu. Das Bett war ungemacht, auf dem
Fußboden türmten sich Kisten und Schachteln, der Schreibtisch quoll über. Es roch muffig, was er aber nicht wahrnahm,
sonst hätte er vielleicht ein Fenster geöffnet.

Miriam zuckte mit den Schultern und sortierte weiter die
Wäsche. Eine Fuhre wollte sie heute noch erledigen. Nicht
einmal die dreckigen Sachen legte der Sohn ihr zurecht. Im
Gegenteil. Sie musste sich in seinem unordentlichen Zimmer
alles zusammensuchen, und wenn er sie dabei ertappte, riss
er ihr die Jeans wieder aus den Händen. Das wäre überhaupt
noch nicht nötig, ging dann seine Rede. Immer diese Flau-
sen, die der Junge im Kopf hatte, dachte Miriam. Volljährig!
Als ob das das Leben umkrempeln würde, außerdem war ja
noch lange Zeit bis dahin. Und dann stank Timos Faulheit
gen Himmel. Das war mehr als sündhaft.

Das Jahr schritt zügig voran und am 24. Dezember hatte
Timo seinen 17. Geburtstag. Eine unglückliche Fügung, denn
die Geschenke fielen nicht doppelt so groß aus. Er hatte das
durchaus mit seinen Freunden geprüft. Alle anderen beka-

men mehr. Aber seine Klagen bei den Eltern brachten nichts. Die beiden waren sich einig: Nichtsnutzigkeit wurde nicht mit Präsenten belohnt. Außerdem verstieß er deutlich gegen das vierte Gebot, Vater und Mutter zu ehren und ihnen zu dienen!

Einen Tag vor dem Heiligen Abend war Timo als Erster daheim. Die Eltern erwartete er erst später. Er hätte Abendbrot machen können. Aber wozu? Das fiel in die Zuständigkeit seiner Mutter. Er lief unschlüssig durchs Haus, dann stand er im Wohnzimmer und blickte auf die schöne Pyramide. Ein Erbstück von den Großeltern, die es wiederum von ihren Vorfahren übernommen hatten. Mit detailverliebt geschnitzten Figuren. Timo setzte sich und zündete, über den Tisch gebeugt, die vier Kerzen an. Endlich erwachsen sein, füllte eine große Sehnsucht seine Brust. Schneller sollte das Leben gehen, damit er all das tun und lassen konnte, was die Erwachsenen durften.

Angetrieben von der aufsteigenden Hitze der Kerzen wurde der Schäfer mit seiner kleinen Herde rascher und rascher. Eine Etage darüber befanden sich die drei Weisen aus dem Morgenland. Caspar, Melchior und Balthasar waren kaum noch zu erkennen, so eilten sie davon. Gar nicht gemäß ihrem Status als die Heiligen Drei Könige. Ein paar Tannenbäume muteten wie ein vollständiger Wald an, als grüner Streifen flitzten sie im Kreis.

Der Junge saß wie hypnotisiert vor der Pyramide und blickte in die flackernden Kerzen. Die vielen Leckereien auf dem bunten Teller nahm er gar nicht wahr, dabei stammte einiges extra aus der örtlichen Marzipanfabrik. Plötzlich schien er größer zu werden und sein Körper sich in die Länge zu dehnen. Dann ging er in die Breite. Das volle, dunkle Haar wurde lichter, erst auf dem Hinterkopf, dann zog sich die kahl werdende Stirn nach oben.

In der Küche saß inzwischen die Mutter mit immer krummerem Rücken, vor sich eine Schüssel Kartoffeln, die sie endlos schälte. Irgendwann gesellte sich eine junge Frau zu ihr, der später ein kleines Mädchen folgte. Aber auch die nahmen in Windeseile an Alter zu. Die Mutter hauchte ihr Leben aus und wurde im Speisezimmer nebenan aufgebahrt. Schwiegertochter und Enkelin standen an ihrer Seite, tief gebeugt sein Vater. Doch auch sie alle verschwanden. Aus dem Jungen war ein Familienvater geworden, der seine Eltern verlor und dann seine Frau, die mit der Tochter das Haus verließ und von Recklinghausen wegzog.

Timo saß immer noch vor der Pyramide, die in wilder Jagd das Leben entschwinden ließ. Als endlich die Kerzen nach und nach verloschen, verlangsamte sie ihr Tempo. Der einstige Junge aber saß nun mit kahlem Schädel und knochigen Händen auf dem abgewetzten Sofa. Um die Figuren erkennen zu können, hätte er sich seine Brille aufsetzen und dazu aufstehen müssen. Doch das gaben seine Glieder nicht mehr her.

EIN NEUES TESTAMENT

Martha ging stramm auf die hundert zu. Gerade erst hatte sie die über ihr liegende Wohnung gründlich sanieren lassen, nachdem die Mieterin ins Pflegeheim umgezogen war. Mit 85! Gar kein Alter, dachte Martha und lief mithilfe ihres Rollators über die Diele. Kater Nikolaus hielt sich dicht an ihrer Seite, wenngleich ein wenig schwerfällig, denn er war ebenfalls in die Jahre gekommen. Jetzt galt es, ganz rasch einen vernünftigen Nachmieter zu finden. Gar nicht so einfach in diesen Zeiten, wo man von Leuten hörte, die einfach nicht ihre finanziellen Verpflichtungen erfüllten und dann auch noch in Nacht-und-Nebel-Aktionen spurlos verschwanden. Das sollte alles wohlüberlegt sein und erst nach gründlicher Prüfung entschieden werden. Am besten fuhr man mit einer Empfehlung.

In ihrem Arbeitszimmer setzte sich Martha mit einem Seufzer an den schönen alten Schreibtisch, den sie noch von ihrem Großvater übernommen hatte. Ein wunderbares Stück, mit nur wenigen Gebrauchsspuren. Sie strich behutsam mit der Rechten über das warme, dunkle Holz. „Wenn du erzählen könntest", ging es ihr durch den Kopf, „das gäbe Geschichten, mit denen man sicher Bücher füllen könnte." Sie setzte sich hin und zog sich ein paar Papiere auf die Schreibunterlage. Dann setzte sie sich ihre Lesebrille auf. Der Kater beobachtete sie aus schmalen Augenschlitzen von einem seiner Lieblingsplätze aus: dem Ohrensessel mit den weichen Kissen und der bezaubernden Aussicht in den gepflegten Garten sowie aufs malerische Wiehengebirge.

Testament stand auf einem Zettel ganz oben in Großbuchstaben. Handschriftlich sollte man so was verfassen und natürlich bei vollem Verstand, hatte ihre beste und inzwischen letzte Freundin noch aus der Schulzeit am vergangenen zweiten Advent beim Kaffee erklärt. Sie war wie üblich aus Blasheim, immer die B 65 entlang, mit einem Taxi angereist, das sie draußen warten ließ. Sie habe sich im Übrigen mit einem Notar dafür ins Benehmen gesetzt. Per Hand ging gar nicht, stellte Martha fest, während sie versuchte, ein paar Zeilen auf dem Blatt zu notieren. In Stichpunkten war alles möglich, aber ihre Sätze konnte nicht einmal sie entziffern. Wer sollte denn das später nach ihrem Ableben tun?! Ihre Blicke wanderten zum Tischkalender. Sie schlug die offene Seite um und sah den Eintrag fürs Treffen in der Anwaltskanzlei. Am Freitag der kommenden Woche. Ihr Neffe Gerhard wollte unbedingt dabei sein und auch ihre Nichte Angela. 14 Uhr hatte beiden gepasst.

Nun gut, dachte Martha, man geht ja nicht unvorbereitet zu so einem Termin, und setzte ein paar weitere Begriffe auf ihren Zettel. Sie war unverheiratet und kinderlos geblieben. Ein paar Herren hatten ihr durchaus Avancen gemacht, auch noch im höheren Alter, aber auf Dauer kam aus den verschiedensten Gründen keiner von ihnen infrage. Doch ihr Vermögen sollte sinnvoll aufgeteilt werden. Auch darauf hatte die Schulfreundin hingewiesen. „Du glaubst gar nicht, was so alles passiert, wenn jemand stirbt!", hatte sie mit ernstem Gesicht gemeint. Schließlich gab es die große Villa in Lübbecke, ein paar wohlüberlegt gestreute finanzielle Anlagen und ein Ferienhaus auf Norderney, das sie schon seit Langem zu ihrem großen Bedauern nur noch vermietete und nicht mehr selbst besuchen konnte.

Ein weiteres Adventswochenende lag vor dem Termin in der Kanzlei. Angela ging daheim das Bevorstehende mit äußerster Gelassenheit an. „Wir haben doch alles, was wir brauchen, und unsere Kinder auch. Soll Tante Martha mal entscheiden, was sie für richtig hält." Damit war in dieser Familie alles erledigt. Auch Gerhard legte eigentlich absolute Ruhe an den Tag, aber seine Frau Bernadette ließ nicht locker. „Du musst etwas unternehmen. Das steht doch alles uns zu. Schließlich haben wir uns immer um Martha gekümmert. Soll Angela etwa die besten Sachen absahnen?!" – „Nun übertreib mal nicht", erwiderte Gerhard, „meine Tante hat doch alles im Grunde allein gemanagt. Wir haben ihr gelegentlich Gesellschaft geleistet. Mehr nicht."

Die Stunden dieses Wochenendes füllten sich mit Zank und Streit, mit dem Ausbuddeln aller möglichen Zwistigkeiten. Selbst Gerhard, der friedlich bleiben wollte, verlor seine Fassung. Irgendwann hielt er Bernadette mit beiden Händen an den Oberarmen fest und schüttelte sie. Das Ehepaar stand in der Küche. Als sie sich losriss, griff ihre Rechte automatisch nach dem Messerblock und zog das größte Teil heraus. Für die entsprechende Schärfe sorgte Gerhard stets. Das Messer glitt in seinen Bauch, als Bernadette zustieß. Nicht nur ein Mal, sondern wieder und wieder, so als sei sie völlig von Sinnen. Kein Wort kam mehr von seinen Lippen, als er in sich zusammensackte und auf dem gefliesten Boden liegen blieb, auf dem sich eine dunkelrote Lache um ihn herum bildete. Bernadette lief ins Wohnzimmer, setzte sich auf einen Sessel, mit Blick ins Grüne. Nach einer langen Weile griff sie zum Telefon und alarmierte die Polizei.

Martha erfuhr vom Tod ihres Neffen durch ihre Nichte Angela, die tags darauf unangemeldet vor ihrer Tür stand, in Tränen aufgelöst. Was sie vom Geschehen erzählte, klang absolut unwirklich.

„Dann muss ich mir das mit meinem Testament wohl etwas anders überlegen", murmelte Martha vor sich hin, als Angela wieder das Haus verlassen hatte und ihre Tränen aufgebraucht waren. Ihre Nichte sollte nicht leer ausgehen, aber die Familie war gut versorgt, wie sie selbst stets beteuerte. Also den Teil von Gerhard für einen anderen, einen guten Zweck. Tierheim, fiel Martha spontan ein. Ihr dicker, rot gestromerter Kater Nikolaus musste ja sicherlich dorthin, und man würde sich über die finanzielle Gabe bestimmt freuen.

EISZEIT

Die Wolken hingen tief, und es wollte nicht hell werden. Stefanie stand in der Küche und räumte gerade den Frühstückstisch ab, während sich Sebastian mit den beiden Kindern auf den Weg gemacht hatten, um ein paar letzte Einkäufe fürs Fest zu erledigen. So konnte sie in Ruhe ihre Vorbereitungen treffen. Ihr Blick schweifte Richtung Fenster. Tatsächlich: Ein paar erste winzige Flöckchen schwebten durch die Lüfte und sanken Richtung Boden. Sollte der Wetterbericht recht behalten? Vorhin hatte sie doch nebenher im Rundfunk irgendwas von andauernden Schneefällen in der Region gehört.

Die weißen Teilchen vergrößerten sich und tanzten in Mengen herab. Stefanie stand wie angewurzelt fest und konnte ihren Blick nicht lösen. Schnee, endlich einmal Schnee um diese Jahreszeit. Sie vermochte sich kaum daran zu erinnern, wann es den zuletzt gegeben hatte. Dann würden sie vielleicht mit den Kindern rodeln gehen können oder auch Schlittschuhlaufen. Jetzt lachte Stefanie laut auf. „Du bist ein echter Scherzkeks", dachte sie. Dazu müssten erst mal die entsprechenden Gerätschaften angeschafft werden. Etwas knapp am Heiligen Abend. Außerdem brauchte es wohl ein paar Tage, ehe der kleine See vor der Haustür zugefroren war.

Ihre Augen strahlten, während sie kaum noch durch den dichten Flockenwirbel hindurchschauen konnte. Die gesamte Familie hatte Ferien, und erst im neuen Jahr ging es mit der Schule und der Arbeit wieder los. Da sollte sich doch Zeit finden, um die nötigen Utensilien zu besorgen.

Stefanie widmete sich ihrer Hausarbeit, die ihr noch schneller als sonst von der Hand ging. Als Sebastian mit dem Zwillingspärchen Fabian und Jette wieder heimkam, hörte sie Getrampel und Gelächter im Flur. Ein zufriedenes Strahlen lag auf ihrem Gesicht. Manchmal konnte es schon passieren, dass es im Supermarkt zu echten Problemen kam. Der eine wollte dies, der andere jenes, und jeder beharrte auf seinen Wünschen.

„Wir haben den gesamten Zettel abgearbeitet, den du uns mitgegeben hast", erklärte Sebastian und drückte seiner Frau einen Kuss auf die Wange. „Hast du schon mitbekommen, dass es schneit?" – „Wie sollte mir das entgangen sein?", sagte Stefanie und betrachtete die Einkäufe, die Sebastian mithilfe der Kinder auf dem Küchentisch auslud. Alles dabei, erkannte sie sofort. „Prima, nicht wahr. Endlich mal weiße Weihnachten. Davon träumen wir doch sonst nur."

„Dürfen wir gleich wieder raus?", erkundigte sich Fabian. „Ich habe den Kindern versprochen, dass wir einen Schneemann bauen", ergänzte Sebastian. „Gute Idee", meinte Stefanie. „Zieht euch aber warm an, nicht dass ihr euch erkältet." Sie wies auf die dicken Jacken, die sie bereits an die Garderobe gehängt hatte. Darunter standen für jeden ein Paar stabile Stiefel – alles bislang kaum benutzt.

Der Schneemann nahm schon vor dem Mittagessen den Vorgarten ein. Wie es sich gehörte mit einer dicken Mohrrübe mitten im Gesicht und ein paar Kohlestückchen als Augen. Um den Hals trug er einen ausgedienten Schal von Sebastian und im Arm einen Besen. Ein traditioneller Zylinder fand sich leider im Haushalt nicht, dafür musste ein Strohhut von Stefanie herhalten.

Die Bescherung am Abend löste bei allen großen Freude aus, wofür sicherlich auch das winterliche Wetter zuständig war.

Außerdem hatte Stefanie zuvor ihren Vorschlag unterbreitet, gleich am 27. Dezember ein paar weitere Geschenke für den Einsatz im Freien zu besorgen. Da strahlten die siebenjährigen Zwillinge um die Wette.

„Schade", bedauerte Stefanie, als die Kinder abends nach der dritten Gutenachtgeschichte endlich in den Schlaf gefunden hatten, „dass wir unsere romantische Laternenwanderung in Arnsberg nicht erst jetzt unternehmen. Das wäre ein Schauspiel." – „Aber es war doch auch so schön", meinte Sebastian und legte auf dem Sofa seinen Arm um seine Frau. „Jeder aus unserer Gruppe eine brennende Laterne in der Hand und damit durch alle verschwiegenen Altstadtwinkel schlendern. Manches Gässchen habe nicht mal ich gekannt, obwohl ich in Arnsberg geboren bin." – „Kannst du mal sehen. Auch als Erwachsener lernt man immer noch dazu. Ist eben eine eher unübliche Tour durch die Stadtgeschichte, voller Überraschungen. Mein absoluter Favorit ist ja die kurfürstliche Apotheke mit ihrer speziellen Pille für uns. Oder auch der Limpsturm, wo wir an einem alten Knastkanten knabbern durften." – „Ach ja, und dann zum Abschluss ein Schoppen guter Rotwein im alten Weinkeller." – „Das ist wieder typisch", kicherte Stefanie. „Willst du noch ein Glas?" – „Aber gewiss doch", bejahte Sebastian. Stefanie holte die Flasche aus der Küche und füllte noch einmal nach. Dann saßen sie eng umschlungen auf dem Sofa und sahen dem dichten Schneefall zu.

In diesem Jahr war es also Heiligabend mit Schnee und nochmals Schnee losgegangen. Eine eher unübliche Situation in der Region. Wie aber die Tagesschau berichtete, war landesweit alles in Weiß getaucht. Und selbst die Wetterfee schien höchst erfreut über diese Information. Am nächsten Morgen musste die gesamte Familie zunächst einmal den Schnee wegräumen, was auch an den Folgetagen nötig war. Vor allem am

27. Dezember, als sie mit dem Auto ihre größere Einkaufsrunde starteten. Es gab einen stabilen Schlitten für die Kinder und für beide ein Paar Schlittschuhe. Dass sie schnell aus denen hinauswachsen würden, behielt Stefanie für sich. Sie wollte die Freude nicht trüben.

Die Stadt selbst, im Norden des Rheinischen Schiefergebirges – im Tal der Ruhr – gelegen, präsentierte sich als Postkartenidylle. Die große Ruhrschleife, die die Altstadt auf zwei Seiten umfasste, war ohnehin malerisch, nun aber noch unendlich viel mehr. Alles sah aus, als sei es mit Puderzuckermassen überstäubt. Bei ihren weiteren Ausflügen hatten die vier die Wahl zwischen den Höhen des Naturparks Arnsberger Wald nördlich vom Stadtgebiet und dem Ausläufer des Naturparks Sauerland-Rothaargebirge im Süden. Eine Ecke immer schöner als die andere, während sie ihre Spuren im Schnee hinterließen.

Es schneite wie im süßen Brei aus dem Märchen unentwegt. Bis Silvester, bis ins neue Jahr hinein. Der Nachrichtensprecher hatte inzwischen ein ernstes Gesicht, wenn er auf die Wetterlage zu reden kam und entsprechende Bilder von einer verschneiten Welt folgten. Was mit großer Freude und Jubel begann, schlug in Angst vor den bald katastrophalen Zuständen um.

Das Stichwort Bevorratung brauchte in der Tagesschau überhaupt nicht zu fallen. Längst hatten Sebastian und Stefanie Nudeln, Dosensuppen, Reis, Mehl, Milch, Getränke, Toilettenpapier in größeren Mengen eingekauft. Solange sie die Gelegenheit dafür hatten. Zumindest die Zeit bot sich ihnen, denn die Schulen wurden geschlossen, und wo es machbar war, landeten die Mitarbeiter im Homeoffice-Modus.

Dann brachen erste Häuser mit flachen Dächern unter der Schneelast zusammen, Straßen waren nicht mehr befahrbar, der Zugverkehr wurde eingestellt. Selbst die eingesetzte Bundeswehr konnte nicht viel ausrichten. Wo die Soldaten vorn alles beräumt hatten, bauten sich hinter ihnen die nächsten Schneeberge auf. Die Temperaturen in Arnsberg sanken auf minus 28 Grad Celsius und waren im weiteren Fall.

Die Familie spielte Mensch ärgere dich nicht, Mühle und Dame, Rommé und allerlei Würfelspiele. Für erzählte Gutenachtgeschichten ging langsam der Vorrat aus. Also wurde aus den zahlreichen Büchern einander vorgelesen. Jeder kam mal dran, auch damit die Kleinen in Übung blieben. Beim Schneeschieben hielten sie sich wenigstens für kurze Zeit an der frische Luft auf, aber bald war kein Platz mehr, an den man die Massen hätte hin schaufeln können. Die Berge ringsum wuchsen und wuchsen.

Bis der Strom ausfiel. Letzte Tagesschau-Meldungen hatten noch von plündernden Banden berichtet, die Supermärkte überfielen und alles mitnahmen, was irgendwie brauchbar schien. Dann verebbten auch diese Informationen. Vorerst konnten sich die vier mit ihren Gasflaschen und dem Campingkocher behelfen. Kerzen gab es reichlich, immer wieder zu irgendwelchen Geburtstagen geschenkt bekommen und nie wirklich darüber gefreut. Jetzt erhielten sie ihren Sinn. Der Ofen im Wohnzimmer wurde mit Holzbriketts bestückt und war die einzige Heizungsquelle, bei der die Familie zusammenrückte.

„Das muss doch bald ein Ende haben", hauchte Stefanie, und vor ihrem Mund nahm ihr Atem Gestalt an. „Bestimmt, Liebes", versicherte Sebastian. „Ich mag keinen Schnee mehr", sagte Fabian. „Aber diese neuen Scheibengardinen bei uns im Kinderzimmer sind so wunderschön", stellte Jette fest. Stefanie nickte dazu, mit Tränen in den Augen: „Das sind Eisblumen, mein Liebling." Auf dem übersichtlichen Dreimonatskalender stand das rote Geviert auf dem 28. Februar. „Bald kommt der Frühling", behauptete der Vater. Aber es schneite und schneite, landauf und landab.

Weitere Bücher über Ihre Region

Starke Frauen aus Westfalen
Andrea Gerecke
96 Seiten, Hardcover
ISBN 978-3-8313-3249-6

Westfälische Weihnachtsgeschichten
Wilhelm Schöttler
80 Seiten, Hardcover
ISBN 978-3-8313-2393-7

Westfalen – Gerichte unserer Kindheit
Rezepte und Geschichten
Christa Weniger
128 Seiten, Hardcover
ISBN 978-3-8313-2983-0

Geniale Erfindungen aus Nordrhein-Westfalen
Echt clever!
Hans-Jörg Kühne
120 Seiten, Hardcover
ISBN 978-3-8313-2991-5

Wartberg-Verlag GmbH   Bücher für Deutschlands Städte und Regionen
Im Wiesental 1 | 34281 Gudensberg   Tel. 0 56 03-93 05 0
www.wartberg-verlag.de   Fax 0 56 03-93 05 28